CARAMBAIA

19

Karin Boye

Kallocaína

Romance do século XXI

Tradução
Fernanda Sarmatz Åkesson

Posfácio
Oscar Nestarez

ESTE LIVRO, QUE COMEÇO AGORA A ESCREVER, PODE parecer sem sentido para muitos – se me atrevo a dizer que "muitos" poderão lê-lo –, pois o iniciei espontaneamente e sem receber ordens de ninguém, tampouco saber qual era o meu objetivo com este tipo de trabalho. Quero e preciso fazê-lo, só isso. Cada vez mais, implacavelmente, pergunta-se sobre a intenção e o método daquilo que fazemos e dizemos, portanto nenhuma palavra deve ser escolhida ao acaso. O autor deste livro foi obrigado a fazer o caminho oposto, pendendo para o incompreensível. Apesar de meus anos como prisioneiro e químico – mais de vinte, creio eu – terem sido repletos de trabalho e esforço, algo me diz não ter sido o suficiente, buscando e percebendo um outro ofício dentro de mim que eu mesmo não tivera a possibilidade de enxergar, ainda que eu tenha estado profunda e quase dolorosamente interessado nele. Esse trabalho será concluído assim que eu tiver escrito o meu livro. Tenho plena consciência de que o que escrevo parece absurdo e vai de encontro a tudo que é racional e prático, mas mesmo assim pretendo escrevê-lo.

Talvez eu não tenha tido coragem de fazê-lo antes. Talvez o aprisionamento tenha me deixado frívolo. As minhas condições de vida agora pouco se diferenciam de quando vivia em liberdade. A comida não se mostrou muito pior aqui, acabei me acostumando. O leito parece mais duro do que a cama que tenho em casa, na Cidade Química nº 4, mas acabei me acostumando. Eu passei a tomar menos ar fresco e também acabei me acostumando. O pior de tudo foi ter de separar-me da minha esposa e dos meus filhos, sobretudo porque não sabia e ainda não sei qual foi o destino deles, o que tornou meus primeiros anos de aprisionamento repletos de preocupação e angústia. À medida que o tempo foi passando, fui me acalmando e até comecei a apreciar cada vez mais meu cotidiano. Aqui não havia motivo para sentir-me angustiado. Eu não tinha nem subordinados nem chefes. Os guardas da prisão raramente interrompiam meu trabalho e só se preocupavam em verificar se eu seguia as regras do local. Eu não tinha protetores ou adversários. Os cientistas, que de vez em quando me eram apresentados para que eu acompanhasse as novidades na área da química, tratavam-me muito bem e com respeito, apesar de certa condescendência em razão da minha nacionalidade estrangeira. Eu sabia que ninguém tinha motivos para me invejar. Resumindo, de alguma forma eu me sentia mais livre aqui do que quando estava em liberdade. Contudo, ao mesmo tempo que vivia tranquilo, crescia em mim essa estranha obrigação de lidar com o passado, e eu não poderia sossegar até que houvesse escrito as memórias de uma época da minha vida rica em acontecimentos. A possibilidade de escrever foi-me dada devido ao meu trabalho científico, e o controle é exercido apenas no momento em que eu entrego uma tarefa pronta. Sendo assim, posso dar-me ao luxo de ter um único prazer, e talvez seja esta a minha última oportunidade.

Na época em que a minha história tem início, eu me aproximava dos 40 anos. Se realmente preciso me apresentar, talvez possa falar da imagem que fazia da vida. Há poucas coisas que dizem mais sobre um ser humano que sua concepção de vida, se a vê como um caminho, um campo de batalha, uma árvore em crescimento ou um mar revolto. Eu via a vida através do olhar inocente de um garoto de escola, como uma escada em que subimos, o mais rapidamente possível, degrau por degrau, com a respiração ofegante e os oponentes nos calcanhares. Na realidade, eu não tinha muitos oponentes. A maioria dos meus colegas no laboratório havia dedicado todas as suas ambições ao serviço militar e viam o trabalho diário como algo aborrecido mas necessário, que vinha interromper o seu serviço militar noturno. Eu, pessoalmente, não gostaria de confessar a ninguém que estava mais interessado na minha química do que no serviço militar, embora não fosse um mau soldado. De qualquer maneira, eu havia subido a minha escada. Eu nunca havia pensado em quantos degraus já deixara para trás, tampouco no que poderia haver de glorioso no topo da escadaria. Talvez eu tivesse uma imagem vaga dessa casa da vida como uma das nossas casas comuns da cidade, onde se subia das profundezas da terra até chegar ao terraço, ao ar livre, ao vento e à luz do dia. O que o vento e a luz do dia significariam na minha jornada pela vida não sei dizer, mas tenho certeza de que cada degrau alcançado era acompanhado de curtas notas oficiais vindas de um escalão superior sobre um curso concluído, uma aprovação em um teste, uma transferência para um campo de trabalho mais relevante. Eu também tinha certa quantidade de pontos de partida e de chegada na minha vida, porém não suficientes para fazer um novo ponto perder a sua importância. Foi por essa razão que voltei com o sangue fervendo depois do breve telefonema que me comunicou que eu deveria aguardar o meu chefe no dia seguinte e dar início às experiências com material humano. O dia seguinte seria a prova de fogo da minha maior invenção até aquele momento.

Eu estava tão animado que foi difícil começar algo novo naqueles últimos dez minutos que restavam do expediente. Em vez de trabalhar, relaxei bastante com o serviço, creio que pela primeira vez na minha vida, e passei a guardar antecipadamente os aparelhos, vagarosamente e com muito cuidado, enquanto espiava através das paredes de vidro para ver se alguém me vigiava. Assim que a campainha anunciou o fim da jornada de trabalho, apressei-me para sair do laboratório como um dos primeiros no fluxo. Tomei uma ducha rápida, troquei as roupas de trabalho pelo uniforme de lazer, entrei correndo no elevador paternoster e cheguei à rua em poucos minutos. Como havia recebido a residência no meu distrito de trabalho, eu tinha licença para ir à superfície e sempre aproveitava para alongar os meus músculos ao ar livre.

Assim que passei pela estação de metrô, dei-me conta de que poderia esperar por Linda. Como eu havia chegado muito cedo, provavelmente ela ainda não tivera tempo de ir para casa, que ficava a uns vinte minutos de metrô da fábrica de alimentos onde trabalhava. Um trem havia acabado de chegar e um mar de gente irrompeu da terra e se comprimiu entre as catracas de saída, onde as licenças de superfície eram controladas, para, em seguida, espalhar-se pelas ruas da vizinhança. Sobre as plataformas agora vazias, sobre todas as lonas enroladas nas cores cinza-montanha e verde-prado, que em dez minutos podiam tornar a cidade invisível do alto, eu observava a multidão formigante de companheiros soldados voltando para casa em seus uniformes de passeio e percebi repentinamente que talvez todos eles carregassem consigo o mesmo sonho que eu: o sonho da subida.

Fiquei refletindo. Eu sabia que antigamente, durante a época civil, as pessoas precisavam ser atraídas ao trabalho e ao esforço com a esperança de obterem moradias mais espaçosas, comidas mais apetitosas e roupas mais bonitas. Atualmente nada disso seria necessário. O apartamento--padrão – composto de um cômodo para os solteiros, dois cômodos para uma família – era suficiente para todos, desde aqueles que nada mereciam até os mais esforçados. A comida fornecida pela cozinha central satisfazia tanto o general quanto o recruta. Os uniformes gerais – um para o trabalho, outro para o tempo livre e outro para os militares ou policiais em serviço – eram idênticos tanto para homens como para mulheres, para superiores e subalternos, variando apenas quanto às insígnias de grau. Nem mesmo estas eram mais garbosas para um do que para outro. O mais desejável em um chefe do alto escalão estava apenas naquilo que ele simbolizava. Pensei, feliz, que cada companheiro soldado é tão sublime no Estado Mundial que aquilo que ele compreende como o mais alto valor da vida dificilmente tem forma mais concreta do que três divisas negras sobre o braço – três divisas negras que para ele são uma garantia tanto para a sua autoestima como para o bem-estar das outras pessoas. Dos prazeres materiais, pode-se aproveitar o suficiente ou até mais que o suficiente e, por isso mesmo, suspeito que os apartamentos de doze cômodos dos antigos capitalistas civis não eram nada mais que um símbolo carregado de sutilezas, como aquele que se persegue sob a forma de insígnias e que não mata a fome de alguém. Ninguém pode ter bem-estar ou autoestima suficientes para que não queira alcançar mais. É no espiritual, no etéreo e no inatingível que repousa segura a nossa ordem social para todo o sempre.

Eram esses os meus pensamentos quando, parado na saída do metrô, eu vi, como em um sonho, o guarda indo e voltando ao longo do muro coroado de arame farpado que delimitava o distrito. Quatro trens tinham chegado, quatro vezes a multidão havia subido à superfície, quando finalmente Linda passou pela catraca de controle. Fui apressadamente até ela e continuamos a andar, lado a lado.

Falar não podíamos, naturalmente, devido aos exercícios da frota aérea que não permitiam que se conversasse ao ar livre nem de dia e tampouco à noite. De qualquer forma, ela percebeu o meu semblante alegre e lançou-me um olhar animador, porém sério, como de costume. Até entrarmos no nosso prédio e tomarmos o elevador que descia até o nosso andar, permanecemos calados. O ruído do metrô, que sacudia as paredes, não era tão intenso que impedisse a nossa conversa, mas mesmo assim éramos cautelosos até que entrássemos em casa. Se alguém nos surpreendesse conversando no elevador, nenhuma suspeita seria mais natural senão que estávamos tratando de assuntos que não queríamos que as crianças ou a empregada escutassem. Casos assim já tinham acontecido, pois inimigos do Estado e outros infratores utilizaram o elevador como uma espécie de local de conspiração; era de fácil acesso, já que os ouvidos e os olhos da polícia, por razões técnicas, não podiam ser instalados em um elevador, e o porteiro costumava ter outras tarefas a fazer, sem dispor de tempo para ficar escutando conversas. Ficamos em silêncio até entrarmos na sala da família, onde a empregada da semana já havia servido a mesa do jantar e nos aguardava com as crianças, que ela havia buscado na área infantil do prédio. Parecia ser uma moça séria e cuidadosa, e a cumprimentamos amigavelmente, como sabíamos que deveria ser feito, porque ela, como todas as outras empregadas, era obrigada a fazer um relatório sobre a nossa família no final da semana. Essa reforma, dizia-se, havia melhorado as relações familiares em muitos lares. Havia um clima de alegria e satisfação ao redor da mesa, especialmente pela presença de Ossu, nosso filho mais velho. Ele tinha saído do campo de crianças para nos visitar, pois era a noite da família.

– Tenho uma boa notícia – eu disse para Linda enquanto tomávamos a sopa de batatas. – O meu experimento está tão avançado que consegui a autorização para iniciar com o material humano amanhã, sob a supervisão de um chefe de controle.

– E quem você acha que vai ser? – perguntou Linda.

Eu não demonstrei sentimento algum, tenho certeza, mas no meu interior estremeci ao ouvir essas palavras. É possível que fossem palavras completamente inocentes. O que poderia ser mais natural do que a esposa perguntar quem seria o chefe de controle? Dependia totalmente da boa vontade do chefe de controle o tempo que seria destinado às provas. Já havia até mesmo acontecido de ambiciosos chefes de controle declararem as descobertas dos controlados como suas, e não havia muito o que fazer contra coisas assim. Portanto, não era nada estranho a pessoa mais próxima querer saber quem seria o chefe.

Mas eu havia percebido uma insinuação na voz dela. Provavelmente, o meu chefe imediato seria o chefe de controle. O seu nome era Edo Rissen e previamente ele fora funcionário da fábrica de alimentos onde Linda trabalhava. Eu sabia que eles haviam tido bastante contato entre si e percebera, por sinais sutis, que ele causara certa impressão na minha esposa.

A pergunta dela despertara o meu ciúme. O quão íntima havia sido a relação entre ela e Rissen? Em uma fábrica de grande porte, acontecia com frequência de duas pessoas se encontrarem longe da vista dos outros, como nos depósitos, por exemplo, onde fardos e caixas encobriam a visão através das paredes de vidro e onde talvez ninguém mais estivesse trabalhando naquele horário... Linda também havia trabalhado como guarda-noturno na fábrica. Rissen pode muito bem ter feito seus turnos ao mesmo tempo que ela. Tudo era possível, inclusive o pior: que ela ainda o amasse, e não a mim.

Naquela época, eu raramente refletia sobre mim mesmo, sobre o que eu pensava e sentia ou sobre o que os outros pensavam e sentiam, a menos que houvesse algum significado prático para mim. Somente mais tarde, durante o meu tempo sozinho na prisão, chegara o momento de desvendar os enigmas, obrigando-me a pensar e repensar. Agora, passado tanto tempo, sei que fora ansioso em querer ter certeza sobre Linda e Rissen. Na realidade, não queria ter certeza de que havia algo entre eles. Queria somente que ela fosse atraída para o outro lado. Queria ter uma convicção que desse um fim ao meu casamento.

Mas naquela época eu rejeitaria um pensamento dessa espécie com desdém. Linda tinha um papel importante demais na minha vida, eu teria pensado. Essa era a pura verdade, nenhum rancor e nenhuma crítica puderam mudar *isso*. Ela era tão importante que poderia competir com a minha carreira. Contra a minha vontade, ela me prendia de modo irracional.

É possível falar de "amor" como se esse fosse um conceito antiquado e romântico, mas temo dizer que ele existe e, desde o início, abrange um elemento indescritivelmente torturante. Um homem é atraído por uma mulher, uma mulher é atraída por um homem, e, a cada passo que os aproxima, uma parte deles vai sendo deixada pelo caminho, uma série de derrotas onde se aguardava uma vitória.

Já no meu primeiro casamento – sem filhos e, portanto, sem nada para continuar – eu tive um aperitivo. Linda elevou o sentimento ao nível de um pesadelo. Durante os nossos primeiros anos de casados, eu realmente tinha um pesadelo, apesar de não o relacionar com ela. Sonhava que estava no meio de uma grande escuridão, iluminado por holofotes, sentindo Os Olhos me observarem, então eu rastejava como um verme para escapar, enquanto me envergonhava como um cão devido aos trapos que vestia. Muito mais tarde, compreendi que era uma metáfora da minha relação com Linda, na qual eu me sentia assustadoramente vulnerável, fazendo de tudo para escapar e me proteger, enquanto ela continuava a ser um enigma, maravilhosa, forte, quase sobre-humana, mas eternamente inquietante, porque o seu mistério lhe dava um poder abjeto. Quando a sua boca se contraía em um risco vermelho e estreito – e não, aquilo não era um sorriso, nem de deboche nem de alegria, era mais como uma contração, como aquela que se vê quando se contrai um arco –, enquanto ela mantinha os olhos completamente abertos e imóveis, uma mistura de mal-estar e angústia surgia em mim, e cada vez mais ela me envolvia, prendendo-me sem piedade, e eu sabia que nunca se abriria para mim. Suponho que eu deva usar a palavra amor, pois no meio da desesperança continuamos juntos, esperando talvez por um milagre, até que o sofrimento ganhou o próprio valor e tornou-se testemunha de que havia pelo menos uma coisa em comum entre nós: a espera por algo que não existe.

Ao nosso redor, observávamos muitos pais se divorciarem assim que os filhos ficavam prontos para ser mandados ao campo de crianças. Separavam-se e casavam-se novamente para constituírem uma nova família. Ossu, nosso filho mais velho, já tinha 8 anos de idade e passara o seu primeiro ano no campo de crianças. Laila, a mais nova, tinha 4 anos e ainda ficaria mais três morando conosco. E depois? Será que também iríamos nos divorciar, para nos casarmos novamente, para com a mesma ideia ingênua acharmos que seria menos desesperançoso com um novo parceiro? O meu bom senso dizia-me que se tratava de uma ilusão enganosa. Uma pequena possibilidade irracional cochichava em meus ouvidos: não, não, você fracassou com Linda porque ela quer ficar com Rissen! Ela pertence a Rissen, e não a você! Entenda de uma vez por todas que ela só pensa em Rissen! Assim tudo ficará esclarecido e você terá a esperança de encontrar um verdadeiro amor!

A óbvia pergunta de Linda havia despertado em mim aqueles pensamentos sombrios.

– Provavelmente Rissen – respondi, ouvindo ansiosamente o silêncio que se seguiu.

– É indelicado perguntar de que experimento se trata? – perguntou a empregada.

Ela tinha o direito de questionar, pois de alguma maneira estava ali para observar o que acontecia na família. Eu não percebi o que poderia ser deturpado e usado contra mim e muito menos como poderia afetar o Estado se rumores sobre o meu experimento se espalhassem antecipadamente.

– Trata-se de algo que, espero, beneficiará o Estado – respondi. – Um medicamento que fará qualquer pessoa revelar os seus segredos, tudo aquilo que foi obrigada a esconder, por vergonha ou medo. A senhora é daqui da cidade, companheira empregada?

Acontecia de vez em quando de recrutarem pessoas de outros lugares devido à falta de cidadãos, que, por isso mesmo, não tinham a formação da Cidade Química, exceto pelo pouco que conseguiam aprender já na idade adulta.

– Não – ela respondeu, corando. – Sou de fora.

Maiores explicações sobre a origem da pessoa eram absolutamente proibidas, pois podiam ser utilizadas no serviço de espionagem. Por isso, naturalmente ela ficara corada.

– Então não entrarei em detalhes sobre as composições químicas ou sobre a concepção do experimento – respondi. – Deve-se evitar falar sobre o assunto para não cair em mãos erradas. Mas a senhora talvez tenha ouvido falar sobre como antigamente o álcool era usado como intoxicante e sobre os seus efeitos, não?

– Sim – ela respondeu. – Sei que tornava os lares infelizes, prejudicava a saúde e, nos piores casos, causava tremores no corpo e alucinações em ratos brancos, galinhas e coisas assim.

Reconheci as palavras elementares dos livros didáticos e sorri discretamente. Ela, era óbvio, ainda não tivera tempo de se inteirar completamente da educação dada pela Cidade Química.

– Exatamente – eu disse. – Assim era nos piores casos, porém, antes de se chegar nesse estado avançado, acontecia com frequência de os alcoolizados falarem demais, revelando segredos e agindo sem cautela, porque a sua capacidade de sentir vergonha e medo tinha sido afetada. É esse o efeito que o meu medicamento tem, penso eu, pois ainda não terminei de fazer os testes. A diferença é que o medicamento não deve ser engolido, mas injetado diretamente na corrente sanguínea, e, além disso, tem uma composição completamente diferente. Os efeitos colaterais mencionados pela senhora são inexistentes, e não é necessário administrar uma dose muito alta. Uma leve dor de cabeça é tudo o que a cobaia sentirá depois, e não acontece, como no caso da pessoa alcoolizada, de se esquecer de tudo que disse. A senhora deve entender que é uma descoberta muito importante. Doravante, nenhum criminoso poderá negar a verdade. Nem mesmo os nossos pensamentos mais íntimos serão somente nossos, como sempre julgamos de modo equivocado.

– Equivocado?

– Sim, equivocado. Dos pensamentos e emoções, nascem as palavras e as ações. Como os pensamentos e emoções poderiam ser de exclusividade do indivíduo? Cada camarada soldado não pertence ao Estado? A quem pertenceriam, então, os seus pensamentos e emoções, senão ao Estado também? Até hoje não foi possível controlá-los, mas agora há o medicamento para isso.

Ela lançou um rápido olhar para mim, desviando-o em seguida. Sua expressão facial não se modificou, mas percebi que ela empalideceu.

– Não há nada que a senhora deva temer, camarada – disse eu para confortá-la. – A ideia não é revelar a paixão ou a antipatia de cada indivíduo. Se minha descoberta cair em mãos erradas, aí sim, posso imaginar o caos que seria! Mas isso não pode acontecer de modo algum. O medicamento deve estar a serviço da nossa segurança, da segurança de todos, da segurança do Estado.

– Não estou com medo, não tenho nada a temer – ela respondeu com frieza, ainda que eu quisesse apenas ser amigável.

Passamos a tratar de outros assuntos. As crianças começaram a nos contar o que tinham feito durante o dia na área infantil. Haviam brincado na caixa de brinquedos, uma imensa banheira esmaltada, com 4 metros de largura e 1 metro de profundidade, onde se podiam largar bombas de brinquedo e incendiar os telhados de casas construídas com material inflamável, além da possibilidade de divertirem-se com uma batalha naval em miniatura, bastando encher a banheira de água e carregar os canhões dos pequenos navios com a mesma substância explosiva usada nas bombas de brinquedo; havia até torpedos. Dessa forma, as crianças aprendiam desde cedo a arte da estratégia, fazendo esta se tornar parte da sua natureza, quase como um instinto, além de uma diversão. Às vezes eu sentia inveja dos meus filhos por terem a sorte de crescerem com brincadeiras tão sofisticadas, pois na minha infância os explosivos leves ainda não tinham sido inventados, e eu tampouco entendia por que eles aguardavam tão ansiosamente completar 7 anos e ir para o campo de crianças, que mais parecia com um lugar de educação militar, onde se vivia dia e noite.

Frequentemente eu pensava em como a nova geração era muito mais realista do que a minha fora durante a infância. Exatamente naquele dia em que estava envolvido por esses pensamentos, receberia uma nova evidência, comprovando como eu estava certo. Visto que era a noite da família, e nem Linda nem eu tínhamos cargos militares ou na polícia, e Ossu, o meu mais velho, estava em casa nos visitando – sendo assim preservada a nossa vida íntima familiar –, eu havia pensado em como poderia divertir as crianças. Tinha comprado no laboratório um pequeno pedaço de sódio que pretendia deixar boiando na água com a sua luz pálida e cor violeta. Despejamos água em uma tigela, apagamos a luz e nos reunimos ao redor da minha pequena curiosidade química. Eu mesmo ficara fascinado com esse fenômeno quando o meu pai o mostrara para mim, mas no caso dos meus filhos foi um verdadeiro fiasco. Ossu, que já acendia fogo sozinho, atirava com a pistola de criança e jogava pequenas bombas que se pareciam com granadas de mão, não ficou nada impressionado com aquela pequena chama, o que era natural no seu caso. Mas que Laila, de 4 anos, estivesse mais interessada em uma explosão que custasse a vida dos inimigos deixava-me um tanto surpreso. A única que pareceu absorvida foi Maryl, nossa filha do meio. Ela ficou sentada, sonhando acordada como de costume, acompanhando o crepitante fenômeno com os olhos arregalados, muito parecida com a mãe. Apesar de sua concentração ter me dado algum consolo, deixou-me também preocupado. Ficou claro para mim que Ossu e Laila eram crianças dos novos tempos. A atitude deles era certa e objetiva, enquanto a minha tinha uma dose de romantismo antiquado. Apesar de sentir certo desânimo, desejei repentinamente que Maryl fosse mais parecida com os outros dois. Não era bom ela ficar de fora do desenvolvimento saudável de sua geração.

A noite foi passando e chegara a hora de Ossu voltar para o campo de crianças. Se ele sentia vontade de ficar conosco, ou se tinha medo de fazer a longa viagem de volta de metrô sozinho, nada demonstrou. Aos 8 anos, já era um camarada soldado muito bem disciplinado. Senti uma onda quente de saudades do tempo em que os três ainda eram pequenos e dormiam em suas caminhas. Um filho é, afinal, um filho, pensei, e ele é mais próximo ao pai do que as filhas. Eu não tinha coragem de pensar no dia em que Maryl e Laila também fossem embora e viessem nos visitar em casa apenas duas noites na semana. De qualquer modo, eu cuidava para que ninguém percebesse a minha fraqueza. As crianças não poderiam reclamar uma única vez do meu mau exemplo, a empregada não teria nada a relatar sobre a atitude covarde de seu patrão, e Linda – muito menos ela! Eu não pretendia ser traído por ninguém, muito menos por Linda, que nunca foi fraca.

As camas foram montadas na sala da família, e Linda acomodou as meninas. A empregada acabara de colocar os restos de comida e a louça no elevador de comida e se preparava para ir embora, quando se lembrou de algo.

– É verdade! – disse ela. – Chegou uma carta para o senhor, meu chefe. Eu a deixei no quarto dos pais.

Linda e eu ficamos um pouco surpresos, devia ser uma carta de trabalho. Se eu fosse o chefe de polícia da empregada, teria dado uma advertência. Ela ou havia se esquecido de mencionar a chegada da carta ou intencionalmente tinha deixado de me avisar sobre, o que era tão errado quanto não averiguar de que assunto se tratava, pois ela tinha pleno direito de fazer isso. Ao mesmo tempo, suspeitei que a carta deveria tratar de um assunto tal que eu deveria ficar agradecido à empregada por ter sido descuidada.

A carta vinha do Sétimo Departamento do Ministério da Propaganda e, para que eu possa explicar o seu conteúdo, devo voltar um pouco no tempo.

TINHA OCORRIDO UMA FESTA UNS DOIS MESES ANTES. Um dos locais de reunião do campo de jovens fora arrumado com bandeiras nas cores do Estado, onde fizeram apresentações, discursos, marcharam pela sala ao som de tambores e comeram juntos. A razão das festividades era que uma tropa de meninas do campo de jovens tinha recebido ordens para se mudar, não se sabia para onde, e corriam alguns boatos sobre outras cidades químicas ou sobre outras cidades dos sapatos, enfim, algum lugar onde encontrariam o equilíbrio entre mão de obra e uma razão percentual entre os sexos. Da nossa cidade e, provavelmente, de algumas outras cidades também, recrutavam-se mulheres jovens para serem mandadas para lá, para que os valores anteriormente estabelecidos pudessem ser mantidos. Era uma festa de despedida para celebrar as escolhidas.

Essas cerimônias sempre tinham alguma semelhança com as cerimônias de despedida dos soldados, mas com uma grande diferença: em festas como essas, todos sabiam, tanto as que viajavam como aqueles que ficavam, que não se tocaria em um fio de cabelo das jovens que deixavam a sua cidade; muito pelo contrário, fazia-se de tudo para que elas, sem maiores sacrifícios, se adaptassem logo e se sentissem bem no novo ambiente. A única semelhança entre os eventos era que ambas as partes, com quase 100% de certeza, sabiam que nunca mais voltariam a rever os seus colegas. Entre as cidades não havia nenhuma conexão autorizada além da oficial, muito bem controlada por funcionários de confiança para evitar a espionagem. A menos que um ou outro dos jovens escolhidos fosse destinado a trabalhar no serviço de tráfego – o que era uma possibilidade quase inexistente, já que os funcionários de tráfego eram praticamente criados para essa missão desde a mais tenra infância em escolas de trânsito especializadas. Assim, era muito improvável que os jovens transferidos de cidade fossem postos à disposição do serviço de tráfego em alguma das estradas que levasse à sua cidade de origem e que as suas folgas fossem programadas justamente para quando se encontrassem perto dela. Todos os funcionários de tráfego estavam sujeitos às mesmas regras, até mesmo os funcionários aéreos viviam separados das suas famílias e sob rígido controle. Seria quase um milagre ou uma estranha coincidência que os pais voltassem a se encontrar com os seus filhos depois que eles tivessem sido transferidos para outra área. Afora isso – não se tinha o direito de demorar-se nesses pensamentos melancólicos em um dia como aquele –, a festa era uma manifestação de alegria que também poderia ser interrompida se algo ameaçasse o bem-estar do Estado.

Se eu estivesse entre os alegres convivas, os acontecimentos não teriam se desenvolvido daquela maneira. A esperança de provar comidas deliciosas – pois um evento daquele porte oferecia alimentos muito bem preparados em grande abundância, e os participantes costumavam atacar a comida feito lobos vorazes –, os tambores, os discursos, a multidão reunida em um espaço limitado, os gritos de júbilo, tudo contribuía para levar a sala a um grande êxtase coletivo, como era desejável e costumeiro. Eu não me encontrava nem entre os pais, nem entre os irmãos, nem entre os líderes dos jovens naquela noite. Era uma das quatro noites da semana nas quais eu prestava serviço militar e policial e estava ali justamente como secretário de polícia. Isso não significava que eu apenas estivesse posicionado em um dos quatro cantos do local e devesse escrever um protocolo sobre a ocasião com os outros três secretários de polícia, instalados nos outros três cantos. A minha obrigação era também manter a cabeça fria para que pudesse observar tudo o que acontecia na sala. Se alguma agressão ocorresse, se algum segredo fosse revelado, como a tentativa de algum dos participantes de escapar, seria de grande ajuda para o presidente e para os porteiros – que estavam sempre ocupados com algum detalhe prático – que quatro secretários de polícia vigiassem o local o tempo todo de algum posto mais afastado. Lá estava eu, isolado, pairando o meu olhar sobre a multidão; e se, por um lado, gostaria muito de estar participando das festividades e da alegria coletiva, por outro, creio que o meu sacrifício tenha sido compensado pela consciência da minha importância e dignidade. Mais tarde fui substituído por outro, e pude, livre de todas as preocupações, aproveitar a refeição.

As jovens que se despediam não ultrapassavam o número de cinquenta, e era fácil diferenciá-las no meio dos outros, pois traziam coroas de festa douradas, emprestadas pelo Estado para ocasiões como aquela. Especialmente uma das garotas chamou minha atenção, talvez por ser de uma rara beleza, talvez porque os seus olhares e movimentos parecessem agitados como se tivessem algum fogo secreto. Diversas vezes a surpreendi olhando para o lado dos garotos no começo da festa, enquanto as apresentações eram feitas e os meninos do campo de meninos e as meninas do campo de meninas ainda não tinham se acomodado em grupos separados. Ela então pareceu encontrar o que buscava, e o fogo nos seus movimentos ficou imóvel como se fosse uma única chama clara e calma. Acreditei também ter encontrado o rosto que ela procurava: tão dolorosamente sério entre todos os rostos esperançosos e alegres, era quase digno de piedade. Assim que a última apresentação terminou e os jovens se misturaram, vi os dois se destacarem na multidão como quem divide as águas e, com uma segurança quase cega, encontrarem-se praticamente no meio da sala, tranquilos e solitários entre todas as pessoas que cantavam e gritavam. Encontravam-se ali como se estivessem sobre uma ilha rochosa, como se ignorassem o lugar e a época em que estavam.

Despertei, rindo de mim mesmo. Eles tinham conseguido levar-me com eles para o seu mundo antissocial, privando-me do maior sacramento de todos, o senso de comunidade. Eu devia estar muito cansado, pois senti como se relaxasse ao observá-los. A última coisa que eles mereciam era a minha compaixão, pensei comigo. O que poderia ser melhor para um camarada soldado do que aprender desde cedo a sacrificar-se em razão dos seus grandes objetivos? Quantas pessoas não passam a vida toda em busca de algo grandioso? Inveja era o que eu sentia deles, e também havia inveja na insatisfação que eu via entre os amigos daqueles dois jovens. Era inveja e um tanto de desprezo, por tanto tempo e esforço terem sido desperdiçados com uma única pessoa. Da minha parte, eu não os desprezava. Eles faziam um espetáculo eterno, belo na sua trágica inexorabilidade.

De qualquer modo, eu só poderia estar exausto, pois todo o tempo o meu interesse havia se limitado a observar os poucos momentos de seriedade que a festa proporcionava. Alguns minutos depois de ter deixado os jovens de lado, que foram separados pelos seus amigos impacientes, a minha atenção foi desviada para uma mulher magra de meia-idade, provavelmente mãe de alguma das garotas escolhidas. Ela parecia estar distante daquele grupo festivo. Não sei realmente como cheguei a essa conclusão e nunca poderia comprovar nada, pois ela participava de tudo, mexia-se ao ritmo das marchas, sacudindo a cabeça durante os discursos, dando gritos de júbilo como os outros. Mesmo assim, percebi que ela fazia tudo mecanicamente, não se deixava levar pela alegria da coletividade e permanecia isolada de corpo e alma, assim como aqueles dois jovens que eu tanto observara. As pessoas ao redor pareciam ter a mesma impressão e tentavam aproximar-se dela de todas as maneiras possíveis. Diversas vezes observei lá da minha plataforma que alguém a pegava pelo braço, puxando-a para si ou conversando com ela, mas logo se afastava decepcionado, apesar de ela responder e sorrir numa representação impecável. Apenas um homem de baixa estatura, muito animado e feio, não se deixou dissuadir com tanta facilidade. Assim que ela ofereceu o seu sorriso cansado para ele, mostrando-se mais cansada ainda logo em seguida, o homem se plantou ali, um pouco afastado dela, observando-a muito intrigado.

A mulher cansada e isolada parecia de alguma forma se aproximar de mim, sem que eu soubesse por quê. Eu percebia que, se o jovem casal despertara a minha inveja, ela levava esse sentimento a um degrau mais alto. O heroísmo sacrificial da mulher era maior que o deles, assim como a sua força e a sua distinção. Os sentimentos dos jovens logo empalideceriam e seriam substituídos por uma nova flama, e, se tentassem guardá-los como uma recordação, eles logo parariam de doer, restando apenas algo belo, iluminado, um prazer para ser relembrado na vida cotidiana. A mãe poderia fazer um sacrifício novo a cada dia. Eu mesmo sentia essa espécie de falta, o que já era bastante difícil, mas certamente conseguiria vencê-la algum dia – refiro-me à falta de Ossu, o meu filho mais velho, que volta para casa duas vezes por semana, e eu esperava conseguir mantê-lo comigo na Cidade Química nº 4 quando ficasse adulto. Eu sabia que essa era uma posição pessoal demais perante os pequenos camaradas soldados que se enviavam ao Estado, e nunca mostraria abertamente o que sinto, mas em segredo confesso que essa esperança trazia algum brilho à minha vida, talvez justamente por ser mantida em segredo e sob controle. O mesmo tormento e disposição eu via na mulher, e também o mesmo domínio. Não pude deixar de me colocar no lugar dela: nunca mais veria a filha e talvez nunca recebesse notícias dela, pois o correio retinha com cada vez mais rigidez as cartas pessoais, fazendo somente os avisos realmente importantes, apresentados de forma breve e objetiva, munidos de documentos comprovativos adequados, chegarem até os seus destinatários. Um pensamento individualista e romântico surgiu na minha mente, uma espécie de "compensação" que deveria ser oferecida a cada camarada soldado que sacrificava a sua vida sentimental ao Estado e deveria consistir no que há de mais nobre a ser alcançado: a honra. Se a honra fosse consolo suficiente e mais que razoável aos guerreiros mutilados, por que não seria assim com os camaradas soldados que se sentiam mutilados por dentro? Era uma ideia desordenada e romântica e, mais tarde naquela noite, deu início a um ato precipitado.

Chegara a hora da troca de guarda, passei o meu posto para um novo secretário de polícia, desci e tentei misturar-me à turba no seu entusiasmo geral. Talvez estivesse cansado e faminto demais para ser bem-sucedido.

Felizmente, as mesas postas com o jantar tinham acabado de chegar da cozinha empurradas em trilhos bem lubrificados, e todos puxaram as cadeiras de acampamento para junto daqueles quitutes. Se foi o acaso ou se ela realmente o fizera de propósito, eu não sei, mas, por incrível que possa parecer, aquela mulher que eu havia observado acabou sentando-se à minha frente. Não é impossível que ela tenha me visto e reparado em alguma simpatia no meu rosto. O que não aconteceu por acaso foi aquele homem feio e vívido, que havia demonstrado interesse por ela, também se aproximar, sentando-se ao lado da mulher.

A julgar pelo comportamento dele, a intenção era fazê-la mostrar justamente aquilo que queria esconder. Tudo o que ele expressava parecia ser inocente, porém parecia tocar, todo o tempo, na ferida da sua vizinha de mesa. Ele falava em tom de lamento sobre a solidão que aguardava as jovens. Para evitar que grupos se formassem, ele contava, costumavam instalar as recém-chegadas longe umas das outras. Também havia as dificuldades de adaptação ao novo clima e aos novos hábitos de vida. No que concerne às cidades dos sapatos, havia muitos palpites – que poderiam apenas ser fruto de boatos, pois o objetivo das viagens era secreto e as suposições poderiam ser verdadeiras ou falsas! –, mas o que se sabia sobre as cidades dos sapatos era que algumas delas ficavam muito longe, ao sul, assim como a Cidade Química nº 4, mas a maioria localizava-se no extremo norte, e tinham, portanto, um clima nórdico de invernos frios, longos e escuros, o que poderia deixar qualquer novato melancólico. O pior de tudo era o idioma. A língua oficial no Estado Mundial ainda não havia sido estabelecida como língua falada em todos os lugares. Em muitas regiões, ainda falavam outros idiomas, infinitamente diferentes uns dos outros. Ele, da sua parte, havia escutado alguém contar em tom confidencial que justamente em uma das cidades dos sapatos havia um idioma extremamente difícil, com outros sons e maneiras diferentes de conjugar os verbos. Mas nunca se deve confiar cegamente em boatos, pois quem os conta talvez nunca tenha saído da Cidade Química nº 4!

Por um momento, tive a impressão de que o comportamento daquele homenzinho havia sido despertado por uma espécie de vingança, mas em seguida abandonei esse pensamento. Pelas respostas educadas e breves da mulher, percebi que eles tinham acabado de se conhecer, o que poderia ter ocorrido naquela mesma noite. Logo entendi o que estava acontecendo. O homem não tinha nenhuma razão pessoal para estar agindo daquela maneira, toda a sua falta de compaixão era ditada pelo mais puro cuidado com o bem-estar do Estado. Ele não tinha nenhuma outra intenção a não ser denunciar a mulher, que carregava consigo sentimentos privados e instintos antissociais, ele queria fazê-la passar vergonha, provocando um ataque de choro ou uma resposta ríspida, para mais tarde apontar o dedo para ela e dizer: "Vejam o que temos de suportar entre nós!". Desse ponto de vista, o esforço do homem não era apenas compreensível, mas até digno de respeito, e a luta entre ele e a vítima ganhou para mim um novo significado. Eu acompanhava tudo com muita atenção e quando, por pura simpatia, fiquei do lado dela, já não era por mera compaixão, mas por algo de que não precisava envergonhar-me perante quem quer que fosse: eu admirava a superioridade quase masculina que ela demonstrava ao se livrar das abordagens do homem. Nenhum sinal em sua expressão afetava seu sorriso educado, nenhum tom alterava a frieza na sua voz enquanto enfrentava os hábeis ataques dele do alto da sua integridade. A juventude tem facilidade para aprender, um clima nórdico é muitas vezes mais saudável do que as temperaturas altas do sul.

No Estado Mundial nenhum camarada soldado precisa se sentir só, e não há nada que eu possa lamentar se ela se esquecer dos seus: nada é mais desejável quando se faz uma transferência.

Fiquei realmente desapontado quando a elegante batalha foi interrompida por um homem grosseiro de cabelos ruivos que se encontrava nas proximidades:

– Que sentimentalismo barato é esse? Escutem aqui, camaradas soldados, sejam lá quais forem os seus nomes, vocês estão aqui falando mal do Estado em um dia como este, até mesmo na frente das mães! Agora é hora de alegria, não de preocupações e queixas!

Os discursos já iam recomeçar, e na minha cabeça nasceu a infeliz decisão de provocar aquele homenzinho. Meu serviço naquela noite ainda não estava encerrado, eu era um dos conferencistas oficiais. Então, acabou transparecendo na minha fala previamente tão bem preparada, inclusive com a gesticulação correta, um sinistro final improvisado:

– Meus caros camaradas soldados, a ação heroica não será menor por estar carregada, muitas vezes, de pesar. Dor sentem os guerreiros devido às suas feridas, dor sente a viúva do soldado morto na batalha, mesmo que a alegria de servir ao Estado supere em muito esse sofrimento. A dor também pode ser sentida por aqueles separados em virtude de sua profissão, o que é para sempre, na maioria dos casos. É válido o nosso tributo quando mãe e filha, amigo e amiga, são separados com alegria nos olhos e sorriso nos lábios, e não é menor a nossa admiração quando há dor por trás da alegria e o sorriso é triste, controlado, tentando negar o sofrimento. A nossa admiração deve, portanto, ser ainda *maior* em razão desse sacrifício feito em benefício do Estado.

Alegre e grata como já estava desde antes, a multidão rompeu em aplausos e gritos. Eu via aqui e ali, entre as pessoas presentes, algumas pessoas que mantinham as mãos em repouso. Se mil aplaudem e talvez dois se neguem a aplaudir – aqueles dois são mais importantes do que os mil; é claro, pois poderiam ser dois delatores, enquanto nenhum entre os mil levantaria um dedo para defender o conferencista quando este fosse denunciado. E como poderia ser de outra maneira? Entende-se com facilidade que não era uma situação agradável estar lá pateticamente tocado, sentindo os olhares do homenzinho feio como uma série de flechadas. Olhei rapidamente para o lado dele e, é claro, ele não estava aplaudindo.

O que eu tinha em mãos agora era o resultado daquela noite. Acharam melhor não dizer quem havia me delatado, mas não foi necessariamente o homenzinho. De qualquer forma, eu havia realmente sido denunciado. Assim dizia a notificação:

CAMARADA SOLDADO LEO KALL, Cidade Química nº 4.

Até o Sétimo Departamento do Ministério da Propaganda analisar o conteúdo do seu discurso proferido na festa de despedida do campo de jovens para funcionários convidados no dia 19 de abril do corrente ano, ficou decidido informar-lhe que:

Assim como um guerreiro devotado de corpo e alma é muito mais eficiente do que um relutante, também a um camarada soldado alegre que, perante si mesmo ou na presença de outros, confesse ter sacrificado algo acaba-se dando mais valor do que a um camarada perdido, sobrecarregado pelo seu suposto sacrifício, por mais que ele esconda a sua queda. Consequentemente, não temos motivos para exaltar os camaradas soldados que procuram esconder os seus conflitos internos, desconfianças e sentimentalismo pessoal sob uma máscara controlada de alegria, mas apenas aqueles que de modo algum têm algo a esconder, de forma que a denúncia dos primeiros é um ato louvável para o melhor do Estado.

Aguardamos, o mais rápido possível, um pedido de desculpas da sua parte perante a mesma audiência, se for possível reuni-los novamente. Do contrário, exigimos que o pronunciamento seja feito na rádio local.

Sétimo Departamento do Ministério da Propaganda.

A MINHA REAÇÃO FOI TÃO VIOLENTA QUE, MAIS TARDE, senti vergonha de Linda. A denúncia tinha de chegar bem hoje, justamente no dia da minha vitória? Não aceitava ter as minhas expectativas atingidas por um baque desses! Eu tinha consciência de que falara muita coisa sem ter refletido bem e até hoje, apesar da minha boa memória, tenho dificuldades de me lembrar. Eu era um homem perdido, com a carreira acabada, um futuro desonrado, a minha grande descoberta nada era perto daquilo que ficaria registrado na minha ficha secreta no departamento policial do Estado Mundial, e assim por diante. Linda tentava consolar-me, eu achava que era pura falsidade e que ela estava pensando em como abandonar o barco da melhor maneira possível, apesar de as crianças ainda estarem na idade de viver em casa.

– Em breve todos ficarão sabendo sobre os discursos contra o Estado que eu tenho proferido – eu disse com amargura. – Se você quiser se divorciar de mim, faça-o, não importa se as crianças ainda são pequenas. É melhor para elas ficarem sem pai do que viverem com um indivíduo perigoso para o Estado como eu...

– Você está exagerando – disse Linda com toda a calma. (Lembro-me até hoje das suas palavras. Não fora a tranquilidade dela, tampouco seu tom maternal, que me convenceu de que estava sendo sincera. Fora seu cansaço pesado, quase indiferente.) – Como você exagera. Quantos camaradas soldados bem-sucedidos já não devem ter sido advertidos alguma vez e acabaram sem problema algum? Você não se lembra de todos aqueles que nós escutamos lendo suas desculpas pelo rádio nas sextas-feiras entre as oito e as nove da noite? Você deve entender que não é a perfeição que faz um bom camarada soldado, não há perfeição nessas questões em que a ética estatal ainda não foi plenamente ajustada! Em primeiro lugar, é uma qualidade mudar de ideia e tomar o caminho certo.

Por fim, acabei me acalmando e passei a entender que ela tinha razão. Naquela condição, prometi a ela e a mim mesmo providenciar a desculpa na rádio o mais rápido possível. Já havia começado a escrever um rascunho para o meu discurso.

– Agora você está exagerando novamente – disse Linda, apoiada sobre o meu ombro, enquanto lia o que eu escrevia. – Você não deve se jogar no chão como um capacho para passarem por cima, tampouco se comportar como um elástico para ser esticado de qualquer jeito, pois você se torna suspeito de poder bater de volta em um momento de descuido. Leo, confie em mim, essas coisas não devem ser escritas quando se está exaltado como você está agora.

Ela tinha razão, e eu estava agradecido por tê-la comigo. Ela tinha juízo, juízo e força. Mas por que parecia tão cansada?

– Você não está doente, não é, Linda? – perguntei angustiado.

– Por que eu estaria doente? Fiz exames médicos na semana passada. Recomendaram-me que tomasse mais ar puro, nada além disso.

Levantei-me e a abracei.

– Você não pode morrer e me deixar. Preciso de você. Você tem de ficar comigo.

Misturado à minha angústia de ser abandonado havia um pequeno fio de esperança. Sim, por que não? Por que ela não poderia morrer? Talvez fosse essa a solução para o problema. Mas eu não queria pensar nisso e a apertei contra mim, com mais força, em uma espécie de raiva impotente.

Fomos nos deitar e apagamos a luz. A minha cota de soníferos do mês já havia terminado havia muito tempo.

Mesmo que o calor do corpo dela e o seu cheiro, que me lembrava folhas de chá, não chegassem até mim sob a nossa única coberta, naquela noite eu a desejaria, desejaria maior proximidade do que as carícias leves podem oferecer. O tempo havia me modificado. Na minha juventude, os meus sentidos eram como uma espécie de apêndice, como um companheiro exigente que precisava ser alimentado para que eu me livrasse dele e pudesse me ocupar com outras coisas; era também um grande instrumento de prazer, mas não era realmente uma parte daquilo que eu considerava como o meu ser. Agora já não era assim. Odor, carícias e prazer não eram mais somente o que eu desejava. O alvo dos meus sentidos inflamados era muito mais difícil de ser atingido. Era a Linda que, em alguns momentos, mostrava-se por trás daqueles olhos imóveis e arregalados, daquela boca contraída como um arco vermelho; ela, que havia se revelado naquela noite no seu tom de voz cansado e nos seus conselhos inteligentes e pacientes. Enquanto o sangue corria nas minhas veias, virei-me para o outro lado, abafando um suspiro. Eu disse a mim mesmo que era superstição o que eu desejava da convivência entre um homem e uma mulher, nada mais que isso. Era algo tão supersticioso quanto os selvagens da Antiguidade, que estavam dispostos a devorar o coração do valente inimigo para tomarem a sua coragem. Não havia nenhum ato mágico que me desse a chave e o direito de propriedade ao éden que Linda escondia de mim. Nada se ganhava com isso!

Na parede, o olho e o ouvido da polícia permaneciam ativos, tanto na escuridão como na claridade. Ninguém discordava da sua necessidade, pois o quarto dos pais era o lugar adequado para espionagens e conspirações, ainda mais sendo utilizado também como sala de visitas! Mais adiante, quando me inteirei da vida familiar dos camaradas soldados, fui obrigado a situar o olho e o ouvido da polícia em uma estreita conexão com a curva de natalidade insatisfatória dentro do Estado Mundial. Mas não creio que fosse por essa razão que o sangue congelava fácil nas minhas veias, pois nunca fora assim anteriormente. O nosso Estado Mundial não tinha uma visão ascética da sexualidade; muito pelo contrário, considerava a relação sexual necessária e honrosa para a procriação de novos camaradas soldados e fazia-se de tudo para que homens e mulheres, desde o começo da idade adulta, tivessem a oportunidade de cumprir as suas obrigações nessa área. No início, eu não tinha nada contra a verificação periódica, por funcionários em posições mais altas, de que eu era homem, isso até me estimulava. Nas nossas noites de antigamente, havia um clima festivo no qual nós dois éramos os responsáveis por cumprir um ritual para o bem do Estado, mas uma mudança acabou ocorrendo durante os anos. Enquanto eu me perguntava no meu íntimo como eu era avaliado pelo Poder, que também recorria ao olho na parede, esse mesmo poder acabara se transformando em algo muito embaraçoso naqueles momentos em que eu desejava Linda com instinto selvagem, ansiando pelo inatingível milagre que faria de mim o senhor dos seus segredos mais íntimos. O olho pelo qual eu procurava ainda existia, e agora era a própria Linda. Comecei a perceber que o amor que eu sentia havia sofrido uma virada ilícita de caráter privado, e isso atormentava a minha consciência. O objetivo do casamento era ter filhos, sem nada em comum com sonhos supersticiosos sobre chaves e dominação! Talvez essa virada perigosa no meu casamento fosse mais uma razão para nos divorciarmos. Eu me perguntava se os outros divórcios teriam também as mesmas causas...

Decidi dormir, mas não conseguia. A notificação do Sétimo Departamento do Ministério da Propaganda começou a ocupar a minha mente de tal maneira que eu já não sabia para qual lado me virar na cama.

Um guerreiro devotado de corpo e alma é muito mais eficiente do que um relutante, o que é bastante lógico. Mas o que se deve fazer com os que são relutantes? Como obrigá-los à mais profunda devoção?

Uma descoberta assustadora: estava ali deitado, sentindo-me angustiado devido ao destino dos relutantes, como se eu mesmo fosse um deles. Dali em diante eu não permitiria mais que isso acontecesse. Não queria ser relutante, pois como camarada soldado eu era absolutamente devotado de corpo e alma, sem uma gota sequer de deslealdade ou traição. Aquela nódoa seria apagada, ou seja, ela, aquela mãe controlada e magra da festa. Atirem nos relutantes! Seriam essas as minhas palavras de ordem de agora em diante. E seu casamento? Um pensamento malvado cochichou no meu ouvido. Mas eu respondi: se não melhorar, eu me divorcio. É evidente que vou me divorciar, mas não enquanto as crianças ainda estiverem vivendo em casa.

De repente, senti-me atingido por uma ideia clara que me causou certo alívio: a minha invenção estava totalmente de acordo com a carta do Sétimo Departamento. Eu não havia hoje mesmo falado com a criada sobre o assunto? Acreditariam em mim e eu seria perdoado devido à minha invenção, pois havia comprovado ser confiável e isso pesava mais que algumas palavras infelizes pronunciadas em uma festa sem importância. Eu era, apesar de tudo, um bom camarada soldado e talvez pudesse me tornar ainda melhor.

Antes de adormecer, tive de rir sozinho de uma fantasia prazerosa e cômica que tivera, uma daquelas imagens que costumam surgir no inconsciente antes que se adormeça. Eu vi o homenzinho feio e vívido da festa segurando uma notificação e suando frio. O homem ruivo e grande o havia delatado pela tentativa de perturbar a alegria e passar uma má impressão do Estado. Isso era pior...

NÃO QUE EU TIVESSE O COSTUME DE PERDER TEMPO, nem depois da ginástica matutina nem em qualquer outra ocasião, mas naquela manhã acho que fui mais rápido que o normal. Tomei um banho apressado e vesti o uniforme de trabalho para estar pronto e de guarda quando a porta do laboratório se abrisse, deixando o chefe de controle entrar.

Quando ele chegou, era Rissen, naturalmente, como eu havia imaginado.

Decepcionado ou não, eu esperava que esse sentimento não transparecesse. Havia uma pequena possibilidade de ser outra pessoa, mas acabou sendo mesmo Rissen. Lá estava ele na minha frente, insignificante em sua posição e quase hesitante, deixando claro para mim que eu não o odiava por talvez ter havido algo entre ele e Linda, mas por ele ser justamente quem era. Ela poderia ter tido um relacionamento com qualquer outra pessoa, mas não com ele. Rissen provavelmente não colocaria empecilhos à minha carreira científica, pois era inofensivo demais para tanto. Mas, da minha parte, preferia ter um chefe de controle menos inofensivo e mais traiçoeiro, de modo que eu pudesse medir as minhas forças com as dele e sentir mais respeito. Não podia respeitar Rissen, ele era demasiadamente diferente dos outros e demasiadamente ridículo. Não era nada fácil exteriorizar o que faltava no homem, mas, se eu usasse a expressão "marcha lenta", daria uma ideia da sua personalidade. Aquela postura decidida, o modo claro e contido de falar, que eram naturais e honrosos em um camarada soldado adulto, não existiam em Rissen. Do nada ele podia tornar-se ansioso demais, atropelando as palavras, fazendo até gestos não intencionais e cômicos com as mãos, além de se deter em pausas longas demais e sem motivo; isso quando não ficava afundado nos próprios pensamentos, emitindo palavras soltas e sem significado, que apenas quem o conhecia bem conseguia compreender. Quando falava comigo, que era seu subordinado, tinha espasmos selvagens e incontroláveis no rosto ao dizer algo de seu interesse. Por um lado, eu sabia que ele como cientista tinha méritos brilhantes, mas, por outro, tinha a consciência de que, apesar de ele ser meu chefe, eu não podia fechar os olhos para uma discrepância entre o cientista e o camarada soldado que ele era.

– Bem – disse ele vagarosamente, como se o tempo de trabalho fosse a sua propriedade privada. – Bem, eu recebi um relatório minucioso sobre todo o assunto. Acho que está claro para mim.

Ele começou a repetir os pontos importantes do meu relatório.

– Meu chefe – interrompi com impaciência. – Eu já me permiti chamar cinco pessoas do Serviço Voluntário de Cobaias Humanas. Estão aguardando na sala de espera.

Ele me olhou hostilmente com olhos pensativos. Eu

tinha a impressão de que mal me via. Ele era realmente esquisito.

– Sim, mande uma delas entrar, então – ele disse. Mais parecia estar pensando em voz alta do que dando ordens. Toquei a campainha da sala de espera. Em seguida, entrou um homem com um dos braços enfaixados. Ele parou à porta, cumprimentou-me e apresentou-se como o nº 135 do Serviço Voluntário de Cobaias Humanas.

Um tanto irritado, perguntei se não tinha sido possível mandar uma pessoa sadia para servir de cobaia. Durante o tempo em que trabalhei como assistente em um dos laboratórios médicos, o meu então chefe recebera uma mulher com a atividade glandular prejudicada por uma experiência anterior, e lembro-me bem de que essa condição quase afetou todo o resultado das pesquisas dele. Esse era um risco que eu não queria correr. De resto, eu sabia que pela legislação era um direito receber pessoas saudáveis como cobaias. O costume de enviar sempre as mesmas criava uma espécie de favoritismo, de modo que nenhuma pessoa nova queria se voluntariar, o que as privava de demonstrar coragem e receber uma recompensa. Uma missão como aquela no Serviço Voluntário de Cobaias Humanas era muito mais honrosa do que as outras e devia ser encarada como a sua recompensa. Os honorários eram bastante baixos, já que consideravam as diversas indenizações suplementares que faziam parte do trabalho.

O homem se endireitou e pediu desculpas em nome do seu departamento. Eles realmente não tinham mais ninguém para mandar. No momento estavam trabalhando febrilmente com o laboratório bélico, e o Serviço Voluntário de Cobaias Humanas estava praticamente vazio. O nº 135 sentia-se muito bem, tinha apenas um ferimento causado por gás com complicações na mão esquerda e, desculpando-se mais uma vez, disse-me que a ferida já deveria ter cicatrizado havia tempos, mas nem o químico que a causara sabia explicar por que ainda estava naquele estado, de modo que ele era visto como saudável e esperava que a pequena ferida causada por gás não atrapalhasse.

Na realidade não interferiria em nada, portanto fiquei tranquilo.

– Não necessitamos das mãos, mas apenas do seu sistema nervoso – eu disse. – Posso dizer-lhe de antemão que o experimento não será doloroso, tampouco deixará ferimentos, nem mesmo leves.

O n° 135 esticou-se mais um pouco dentro do possível. Quando ele respondia, sua voz se parecia com uma fanfarra:

– É uma pena que o Estado ainda não requeira maiores sacrifícios de mim. Estou pronto para tudo.

– Naturalmente, disso não tenho dúvida – respondi com seriedade.

Eu estava convencido de que ele falava a verdade. A única coisa que eu tinha a objetar era o fato de ele enfatizar, tão veementemente, seu heroísmo. Um cientista também podia ser corajoso em seu laboratório, apenas ainda não tivera a oportunidade de demonstrar, pensei. O que ele havia dito sobre o trabalho febril no laboratório bélico poderia ser um sinal de que uma nova guerra estava prestes a ser desencadeada. Outro fato que eu já havia reparado, mas para o qual não quis chamar atenção a fim de não ser visto como pessimista e ranzinza, era que a comida havia piorado consideravelmente nos últimos meses.

Acomodei o homem em uma cadeira confortável, levada até ali especialmente para as minhas experiências, levantei-lhe a manga, higienizei a dobra do braço e apliquei a injeção cheia do líquido verde-claro. No mesmo instante em que o n° 135 sentiu a picada da agulha, o seu rosto se contraiu de tal modo que quase se tornou belo.

Devo confessar que enxerguei um herói sentado naquela cadeira. A cor do seu rosto se modificou devido ao líquido verde-claro que começava a fazer efeito.

– Como se sente? – perguntei, encorajando-o, enquanto o conteúdo da injeção ia diminuindo. Eu sabia que de acordo com a legislação era recomendado fazer perguntas para a cobaia, dando-lhe a sensação de igualdade e fazendo-a esquecer as dores.

– Muito obrigado, como de costume! – respondeu o nº 135, falando devagar para esconder o tremor dos lábios.

Enquanto ele continuava sentado esperando o efeito, aproveitamos para examinar a ficha que ele deixara sobre a mesa. Ali podia-se ler o ano de nascimento, o sexo, a raça, o tipo físico, o temperamento, o grupo sanguíneo, as peculiaridades da família, as enfermidades (algumas naturais e outras causadas por experimentos). O necessário eu anotava no meu novo e próprio arquivo. A única coisa que me deixou confuso fora a data de nascimento, mas devia estar certa. Lembrei-me de que já na minha época de assistente tinha ouvido falar e constatado que as cobaias humanas no Serviço Voluntário pareciam ser, em regra, dez anos mais velhas do que realmente eram. Assim que terminei as anotações, virei-me novamente para o nº 135, que começara a se movimentar na cadeira.

– E então?

O homem ria como uma criança assombrada.

– Sinto-me tão bem. Nunca me senti bem assim, mas fiquei com medo...

Havia chegado a hora. Ficamos ouvindo atentamente. Meu coração batia com força. E se o homem nada dissesse? E se ele não tivesse segredos a serem guardados? E se o que ele revelasse não tivesse nenhuma importância? Como o meu chefe de controle ficaria convencido? E como eu poderia ter certeza de alguma coisa? Uma teoria, mesmo apoiada em uma boa base, não deixa de ser teoria até que seja comprovada com a prática. Eu poderia ter me equivocado.

Então, aconteceu algo para o qual eu não estava preparado. Aquele homenzarrão começou a soluçar compulsivamente. Ele se encolheu, atirou-se sobre o braço da cadeira como um trapo, sacudindo-se para a frente e para trás, soltando longos gemidos. Não consigo nem descrever o quanto aquela situação era embaraçosa para mim, eu não sabia se ficava ali ou fugia. O autocontrole de Rissen, devo confessar, não deixava nada a desejar. Se ele estava constrangido como eu, nada deixava transparecer.

A cena prolongou-se por mais alguns intermináveis minutos. Eu sentia vergonha perante o meu chefe, como se pudesse ser responsabilizado por ele ter de testemunhar um episódio como aquele. Eu não tinha como saber antecipadamente o que a cobaia revelaria. E nem eu nem ninguém do nosso laboratório tinha autoridade sobre as cobaias, pois elas nos eram enviadas pela central do bloco de laboratórios para que ficassem à disposição das diversas instituições.

Finalmente, ele começou a se acalmar. Seus soluços cessaram e ele endireitou-se na cadeira. Ansioso por colocar um ponto-final naquela situação, perguntei-lhe o que primeiro passou-me pela cabeça:

– Como o senhor está?

Ele dirigiu o olhar para nós. Via-se claramente que estava consciente de nossa presença e de nossas perguntas, embora não estivesse entendendo bem quem éramos. Ele respondeu voltando-se para nós, porém não da maneira como se faz na presença de chefes, mas quando se conversa com pessoas nos sonhos ou com um público anônimo.

– Eu sou tão infeliz – disse ele muito aborrecido. – Não sei o que fazer, não sei como posso suportar.

– Suportar o quê? – perguntei.

– Tudo isto aqui. Tenho muito medo sempre, não agora, mas quase sempre.

– Dos experimentos?

– Claro, dos experimentos. Agora, no momento, não sei de que tenho medo. Às vezes é bastante dolorido, outras vezes nem tanto. Pode-se ficar aleijado ou são, pode-se morrer ou continuar vivo, haveria de ter medo do quê? Mas eu sempre tive muito medo, sei que é ridículo, para que ter tanto medo?

Aquela primeira letargia havia passado e se transformara em uma febril imprudência.

– E depois – disse ele, sacudindo a cabeça freneticamente –, depois fica-se com mais medo ainda do que eles dizem. Você é covarde, eles diriam, e isso é o pior que poderia acontecer. Você é covarde. Eu não sou covarde. Não quero ser covarde. Mas que importância teria se eu fosse covarde? Se eu perder o lugar... Encontram outra pessoa, sempre podem usar outro. Eles não terão tempo de me mandar embora de jeito nenhum. Eu vou por minha vontade, saio voluntariamente do Serviço Voluntário. Voluntariamente, assim como vim.

Ele retraiu-se novamente, não de infelicidade, mas por pura amargura.

– Eu os odeio – continuou com uma assertividade inesperada. – Odeio a todos que ficam perambulando pelos seus laboratórios na sua completa perfeição, sem precisarem sentir medo de feridas ou sofrimentos, de sequelas previstas ou imprevistas. Depois voltam para casa, para suas esposas e filhos. Vocês acham que alguém como eu pode ter uma família? Tentei me casar uma vez, mas não deu certo, vocês sabem bem por quê. Fica-se ocupado demais consigo mesmo nesta situação. Nenhuma mulher aguenta. Eu odeio todas as mulheres. Elas nos atraem, vocês sabem, e depois não nos suportam mais. Elas são falsas. Eu as odeio, com exceção das camaradas do Serviço Voluntário, é óbvio. As mulheres do Serviço Voluntário não são mais mulheres de verdade, não são objeto de ódio. Nós, que somos de lá, não somos como os outros. Somos chamados de camaradas soldados também, mas como vivemos? Temos de morar no Lar, somos como sucata...

Sua voz foi se apagando até que se converteu em um murmúrio ininteligível, enquanto ele repetia:

– Eu odeio...

– Meu chefe – eu disse –, o senhor deseja que lhe seja aplicada mais uma dose?

Esperava que ele dissesse não, pois eu não simpatizava em nada com aquela cobaia, mas Rissen mandou-me dar continuidade e fui obrigado a obedecer. Enquanto eu lentamente injetava mais do líquido verde-claro no sangue do nº 135, disse-lhe em um tom rude:

– O senhor mesmo deixou claro que participa *voluntariamente* do Serviço *Voluntário*. Por que está reclamando então? É desagradável ouvir um homem adulto queixar-se das próprias escolhas. O senhor deve ter se candidatado, não foi obrigado a nada, assim como os outros.

Ouso afirmar que as minhas palavras não estavam sendo realmente dirigidas para o anestesiado, que justamente por encontrar-se em tal estado não estava acessível a reprimendas, mas a minha intenção era que Rissen soubesse o que eu sentia.

– Claro, fui voluntariamente – murmurou o nº 135, sonolento e confuso. – Claro que fui, mas não sabia que seria assim. Achava que podia ser um tanto sofrido, mas, por outro lado, uma maneira mais honrosa de ir ao encontro da morte, mais rápida e eficaz. Não pensei que seria aos poucos. Acho que morrer seria agradável. Poderia sacudir-me, jogar-me para os lados. Vi alguém morrer no Lar uma vez, ele se jogava e se sacudia, foi terrível. Na verdade, não foi apenas terrível. Mas nada pode ser feito. Desde então, venho pensando que seria prazeroso se acontecesse de uma única vez. Deve ser assim, não se pode impedir. Se fosse realmente algo voluntário, seria indigno, mas não é voluntário. Ninguém pode impedir que aconteça. Apenas acontece. Quando morre, a pessoa pode comportar-se de qualquer jeito, ninguém tem como interferir.

Fiquei ouvindo enquanto manuseava um tubo de ensaio.

– O homem deve ter alguma perversão – disse, em tom de voz baixo, para Rissen. – Essa não é a reação normal de um camarada soldado saudável.

Rissen não respondeu.

– O senhor não acha que deveria assumir a própria responsabilidade... – comecei a dizer com muito rigor para a cobaia, quando percebi o olhar frio e satisfeito de Rissen. Senti que corava, pois ele devia estar pensando que eu o bajulava. (O que era um pensamento bastante injusto.) De qualquer modo, eu tinha de concluir a minha frase, mas o meu tom de voz foi mais brando dessa vez: – ... e parar de culpar os outros por uma profissão que o senhor mesmo escolheu e que mais tarde veio a perceber que não lhe servia mais?

O nº 135 não reagiu ao meu tom, mas somente à pergunta:

– Outros? – ele perguntou. – Eu mesmo? Mas eu não quero mais. É verdade, eu queria. Fomos um total de dez do meu departamento para nos inscrever, mais que na maioria dos outros campos de jovens. Foi como se um furacão passasse pelo nosso campo, sempre fiquei pensando em como isso pôde acontecer. Tudo acabava indo parar no Serviço Voluntário: as palestras, os filmes, as conversas, tudo. Nos primeiros anos eu ainda achava que valia a pena, fomos e nos inscrevemos, é claro. Mais tarde, quando encontrávamos algum vizinho voluntário, ele nem parecia mais humano. Havia algo com o rosto, era como fogo, e não como carne e osso. Nossa Senhora! Nos primeiros anos eu pensava: tivemos a oportunidade de experimentar algo maior do que o que qualquer outro mortal experimenta, agora estamos pagando o preço e, depois de ver o que vimos, podemos... Mas não podemos mais, eu não posso mais. Não consigo mais guardar na memória, ela escapa de mim e fica cada vez mais distante. Às vezes, há tempos, eu podia sentir uma vontade de procurar, mas, a cada vez que procuro – pois preciso encontrar um sentido para minha vida –, percebo que não há mais nada a procurar, que tudo foi parar longe demais de mim. Creio que não tenho mais o que procurar, pois já o fiz em demasia. Muitas vezes fico acordado à noite pensando em como poderia ter sido se eu tivesse levado uma vida normal – se tivesse vivido um grande momento uma única vez, ou talvez nem isso, até agora –, ou ainda se algo grandioso tivesse refletido ao longo de toda a minha vida, então ela realmente teria um sentido e não teria sido em vão. É preciso um sentido agora, espero que me entendam, e não um momento perdido para relembrar pelo resto da vida. Não é fácil aguentar, apesar de ter estado lá uma vez... Sentimos vergonha, vergonha por trair um único momento na vida que tenha valido a pena. Trair. Por que razão se trai? Só quero ter uma vida normal e encontrar o seu verdadeiro sentido. Eu exagerei e não aguento mais. Amanhã registrarei a minha saída.

Ele pareceu um pouco aliviado e, mais uma vez, interrompeu o silêncio:

– Vocês acham que se chega a um momento como este mais de uma vez, talvez na morte? Eu venho pensando muito nisso. Gostaria muito de morrer. Se a vida não me oferece mais nada, pelo menos há a morte. Quando se diz que não se aguenta mais, significa que não se aguenta mais viver. Ninguém fala que não aguenta morrer, pois isso é sempre suportável, porque na morte pode-se fazer o que bem entender...

Ele ficou em silêncio e recostou-se na cadeira. Uma palidez esverdeada começou a se espalhar pelo seu rosto. Seu corpo era sacudido, de forma quase imperceptível, por um leve soluço. Suas mãos escorregaram buscando os braços da cadeira, e o homem todo parecia cair em inquietação e náuseas, o que não era de estranhar, pois ele havia recebido uma dose dupla do medicamento. Entreguei-lhe um copo com água e algumas gotas de tranquilizante.

– Ele vai se recuperar – eu disse. – É justamente quando o efeito está passando que surgem as náuseas, mas logo ele ficará bem. Ele provavelmente terá um momento desagradável pela frente. Passará a sentir medo e vergonha mais uma vez. Veja, meu chefe! Creio que vale a pena observá-lo.

Na realidade, os olhos de Rissen já estavam cravados no nº 135, como se quem sentisse vergonha fosse ele, e não a cobaia. O homem à nossa frente nos oferecia uma imagem nada animadora. As veias das têmporas estavam inchadas, os músculos ao redor da boca encontravam-se mais trêmulos do que quando ele chegara ao laboratório. Ele mantinha os olhos convulsivamente fechados, na esperança de que suas lembranças não passassem de um pesadelo.

– Ele se lembra de tudo o que aconteceu? – perguntou Rissen em voz baixa.

– Sim, temo que sim. De resto, não sei se devemos encarar o fenômeno como uma vantagem ou como um inconveniente.

Com muita má vontade, a cobaia resolveu abrir um pouco os olhos, levantando-se com cuidado para não cair. Encurvado e inseguro, deu alguns passos, sem coragem de encarar nenhum de nós.

– Agradeço pelos seus serviços – eu disse, sentando-me à mesa.

O costume mandava que o voluntário respondesse: "Apenas cumpri com a minha obrigação". Nem mesmo uma pessoa formal como eu era naquele tempo exigiria que se cumprisse com todas as conveniências no caso de uma cobaia logo após um experimento. Continuei:

– Escreverei um atestado agora mesmo – afirmei. – Assim o senhor pode receber a sua recompensa no caixa quando quiser. O atestado será de classe nº 8: desconforto moderado sem sequelas. A dor e as náuseas foram passageiras, portanto deveria ser um atestado de classe nº 3, mas creio compreender que o senhor, hmm, como vou dizer?, está muito constrangido.

Ele parecia ausente quando recebeu o papel em mãos, e foi arrastando os pés pelo caminho até a porta. Lá ele parou, indeciso por alguns segundos, virou-se para nós e gaguejou:

– Posso apenas dizer que não sei o que se passou comigo. Eu não estava consciente daquilo que disse aqui, não tinha a intenção de falar daquela maneira. Ninguém ama mais o seu serviço do que eu, não pretendo pedir demissão, naturalmente. Espero realmente que possa expressar a minha boa vontade candidatando-me a um experimento doloroso para o bem do Estado.

– Pelo menos mantenha o repouso até que sua mão esteja curada – disse eu com cuidado. – De outra forma, vai ser difícil o senhor arranjar qualquer outro trabalho. O que mais o senhor sabe fazer? Pelo que sei, não se costuma gastar desnecessariamente em uma educação extra para algum camarada soldado, um homem da sua idade não deve ser reposicionado em uma área nova de trabalho, e nem mesmo certa "invalidez" pode ser levada em consideração, devido à carreira escolhida pelo senhor...

Tenho plena consciência até hoje de que falei de maneira arrogante e superior com o homem. Devo confessar que fiquei de má vontade com a minha primeira cobaia humana. Creio que sabia bem o motivo do meu posicionamento: era a sua covardia e irresponsabilidade egoísta, disfarçadas sob uma máscara de coragem e sacrifício que ele, conscientemente, colocava em uso perante seus chefes. Era isso, as regras do Sétimo Departamento estavam no meu sangue! Em relação àquela covardia camuflada, eu havia visto com meus próprios olhos o quanto era abjeta, mesmo que não a tivesse percebido antes, enquanto estivera encoberta pela tristeza. O que eu não tinha visto com clareza era a causa da minha aversão, que fui descobrir mais tarde: mais uma vez, a inveja. Aquele homem, inferior a mim em muitos aspectos, falava de um momento de felicidade plena, já provavelmente ultrapassado e quase esquecido, porém um grande momento... Sua curta jornada até o escritório de propaganda do campo de jovens no dia em que ele se inscrevera para o Serviço Voluntário, sim, era aí que eu o invejava. Será que um momento como esse me faria saciar a sede que eu tentara saciar em Linda? Apesar de não ter chegado a conclusão alguma, eu tinha a sensação de que o homem era um abençoado e estava sendo mal-agradecido, e isso me tornara implacável.

O comportamento de Rissen, por outro lado, surpreendera-me. Ele se dirigira até o nº 135, pousando a mão em seu ombro, e falou com o homem em um tom de voz amigável que eu nunca ouvira alguém usar com adultos, muito menos entre homens, o mesmo tom com que as mães conversam carinhosamente com os filhos pequenos:

– Não tenha medo agora. O senhor pode ficar tranquilo, que nada será informado sobre o que disse de pessoal aqui. É como se nada tivesse sido dito.

O homem olhou envergonhado para Rissen, virou-se rapidamente e desapareceu. Eu entendia o seu constrangimento. Se ele fosse mais orgulhoso, teria cuspido na cara do chefe, que se comportara de maneira íntima demais perante um subordinado. Pensei comigo mesmo: como é possível respeitar e obedecer a um chefe assim? Onde não há medo não há respeito, pois no respeito há sempre o reconhecimento da força, da superioridade e do poder – e a força, a superioridade e o poder são elementos perigosos para a sociedade.

Estávamos a sós, Rissen e eu. Um longo silêncio se fez entre nós. Eu não apreciava as pausas de Rissen, pois não eram nem descanso nem trabalho, eram um meio-termo entre os dois.

– Sei o que o senhor está pensando, meu chefe – disse eu para encurtar a pausa. – O senhor está pensando que isso nada prova. Eu posso ter instruído o homem previamente. O que ele disse era comprometedor e pessoal, mas não passível de punição. Não é nisso que o senhor está pensando?

– Não – disse Rissen, desperto dos seus pensamentos. – Não foi isso o que pensei. Ficou claro que o homem disse o que realmente estava sentindo, mas falou o que não queria. Não podemos desconsiderar que foi genuíno, tanto o que ele confessou quanto a vergonha que sentiu depois.

Para o meu próprio bem, eu deveria ficar satisfeito com a sua credulidade, mas na realidade aquilo me irritava, porque eu achava tudo muito superficial. No nosso Estado Mundial, onde cada camarada soldado era desde cedo ensinado a ter autocontrole, não seria impossível que o nº 135 tivesse tido um comportamento totalmente teatral, embora não parecesse. Eu me controlei para não expressar a minha crítica e apenas respondi:

– Seria indisciplinado eu sugerir darmos continuidade?

Aquele homem enigmático pareceu não notar o que eu dissera.

– Uma descoberta bastante peculiar, a sua – disse ele, pensativo. – Como chegou até ela?

– Usei uma descoberta anterior como base – respondi. – Uma droga com efeitos similares já existente há cinco anos, mas com graves sequelas tóxicas, que fazia as cobaias irem, na melhor das hipóteses, parar no hospício, ainda que a medicação tenha sido usada somente uma vez. O inventor original lesionou uma grande quantidade de pessoas, o que resultou em uma advertência muito rígida e deu um basta aos experimentos. Agora consegui neutralizar os efeitos tóxicos. Confesso que estava muito nervoso para comprovar como seria na prática...

Rapidamente acrescentei:

– Espero que a minha invenção ganhe o nome de kallocaína, em minha homenagem.

– Claro, claro – respondeu Rissen, concordando comigo. – O senhor tem ideia da grande importância que a droga terá?

– Creio que sim. A necessidade é a mãe da invenção, como diz o ditado. Como o senhor sabe, os testemunhos falsos andam lotando os tribunais... Quase todos os julgamentos são invadidos por testemunhas que entram em contradição de tal forma que é impossível descobrir se estão mentindo ou sendo descuidadas. Ninguém sabe explicar a que se deve, mas é o que acontece.

– Tem certeza? – perguntou Rissen, tamborilando na borda da mesa de uma maneira que me irritava. – É realmente tão difícil assim de descobrir? Deixe-me lhe fazer uma pergunta, e o senhor não precisa responder se não quiser. O senhor vê o falso testemunho como pernicioso sob qualquer circunstância?

– Obviamente não – respondi um pouco irritado. – Há ocasiões em que o Estado assim exige que se faça, mas não em todo e qualquer caso.

– Sim, mas pense bem – disse Rissen astutamente, virando a cabeça de lado. – Não seria para o bem do Estado que um bandido fosse condenado, mesmo que ele fosse

53

inocente e não tivesse cometido o crime pelo qual é acusado no momento? Não seria melhor para o Estado que o meu inimigo, um indivíduo desagradável, inútil, perigoso e antipático, fosse condenado, mesmo que não houvesse feito nada contra a lei? *Ele* exige consideração, mas o que esse indivíduo tem o direito de exigir?

Eu não sabia aonde ele queria chegar, e o tempo estava passando. Apressadamente toquei a campainha e chamei a cobaia humana seguinte e, enquanto aplicava-lhe uma injeção, respondi:

– De qualquer modo, já ficou comprovado que isso não traz benefícios ao Estado, muito pelo contrário. Mas a minha invenção vai solucionar o problema facilmente. Não será mais necessário controlar as testemunhas, que sequer serão necessárias, pois o criminoso confessará, satisfeito e sem reservas, após uma pequena injeção. Os inconvenientes de terceiro grau já conhecemos. Entenda-me bem, não estou criticando o seu uso enquanto não existiam outros métodos. Não se pode sentir solidariedade pelos criminosos quando não se tem a consciência pesada...

– O senhor julga possuir uma consciência limpa e sólida – disse Rissen secamente. – Ou estaria apenas fingindo? Minha experiência me diz que nenhum camarada soldado acima dos 40 anos tem a consciência limpa. Na juventude talvez tenha sido assim com alguns, mas depois... Falando nisso, o senhor talvez ainda não tenha passado dos 40?

– Ainda não – respondi o mais calmamente possível e, felizmente, estava com o rosto virado para a nova cobaia, livrando-me de olhar Rissen nos olhos. Eu estava bastante aborrecido, mas não devido à rudeza dele comigo. O que mais me irritava era a afirmação generalizada que ele fizera. Que situação inaceitável ele descrevera, na qual todos os camaradas soldados que chegavam à maturidade tinham a consciência pesada! Apesar de ele não o ter dito diretamente, interpretei como certo desprezo pelos valores que eu considerava mais sagrados.

Ele deve ter percebido a repulsa na minha voz e entendeu que havia ido longe demais. Continuamos a trabalhar, falando apenas o necessário.

Enquanto eu tentava evocar as experiências na memória da cobaia seguinte, ficou claro que estava longe de revelar os mesmos contornos, cores e vida que conseguira com a primeira. Naturalmente, a primeira cobaia humana tinha sido a mais emocionante, porém eu ainda não estava completamente seguro de que a minha droga seria *sempre* eficaz, mesmo que tenha funcionado bem na primeira tentativa. Suspeito que o que me incomodava era a minha indignação com Rissen. Por mais cauteloso que eu fosse no meu trabalho, a minha atenção não estava totalmente concentrada ali, e talvez por isso não tinha o mesmo sucesso que obtivera com o primeiro experimento. Aqui não parece importante descrever todos os detalhes. Basta que eu consiga revelar as impressões principais.

Antes da hora do almoço já havíamos nos dedicado a cinco cobaias humanas que nos haviam enviado, e depois ainda a mais duas, uma mais miserável do que a outra. Eu estava completamente exausto, cheio de um desprezo crescente misturado com horror. Seria apenas a ralé quem se candidatava ao Serviço Voluntário?, eu perguntava a mim mesmo, ainda que soubesse muito bem que não era assim. Eu tinha consciência de que era necessário ter determinadas qualidades pessoais para tomar a iniciativa. Era preciso coragem, sacrifício, altruísmo e determinação antes de se entregar a tal profissão. Eu tampouco podia achar que o ofício estragasse aqueles que o tinham escolhido, mas a impressão que tive da vida privada das cobaias humanas foi muito negativa.

O nº 135 era um covarde e havia escondido a sua covardia. Mas pelo menos mostrara o seu lado belo quando considerou sagrado o grande momento da sua vida. Os outros eram tão covardes quanto ele, alguns até mais. Ali só havia lamentações, e não apenas no que se referia à sua missão, mas também às feridas, às enfermidades e ao medo, que eram consequências das suas escolhas. Reclamavam também de inúmeras outras coisas, até mesmo das camas no Lar, da comida que havia piorado (eles também tinham percebido isso!), da negligência no sistema de saúde. Era possível pensar também que houvesse existido um grande momento nas suas vidas, mas este já tinha passado havia muito tempo. Eles não tinham mostrado tanta força de vontade como o nº 135 para preservar o momento. A verdade era que, por menos heroico que o nº 135 tivesse se mostrado enquanto se encontrava sob o efeito da kallocaína, quando comparado com os demais, ele passou a parecer-se com um verdadeiro herói, na minha opinião. Além disso, muitas outras coisas me enjoavam e me assustavam mais, vindas das outras cobaias humanas que usamos no princípio. Eram esquisitices mais ou menos desenvolvidas, fantasias bizarras, luxúrias silenciosamente descontroladas. Havia outros que não residiam no Lar, mas eram casados e tinham residência própria. Eles revelavam os seus problemas conjugais de maneira covarde e ridícula. Em suma, eu não sabia se o desesperador era o Serviço Voluntário de Cobaias Humanas ou todos os camaradas soldados do Estado Mundial, ou ainda algo biológico existente na raça humana.

Para cada um deles, Rissen prometia solenemente que todos os seus segredos seriam mantidos sob o mais absoluto sigilo, o que era difícil de ser absorvido por mim.

Após um caso bastante complicado – o último antes do almoço, ocorrido no primeiro dia – de um ancião que tinha fantasias sexuais de matar alguém, ainda que ele nunca houvesse feito nada nem tivesse a oportunidade de pôr tal crime em prática, eu não consegui deixar de sentir-me envergonhado e pedi desculpas para Rissen por minhas cobaias humanas.

– O senhor acha que eles realmente são pessoas de má índole? – perguntou Rissen em voz baixa.

– Nem todos são assassinos em potencial – respondi –, mas parecem ser mais desgraçados que o permitido.

Eu esperava que ele concordasse comigo. Isso teria me dado um pouco de alívio e me afastado daquela situação melindrosa. Quando percebi que ele não compartilhava do meu grande desgosto, tudo aquilo se tornou mais embaraçoso ainda. Continuamos a conversa enquanto íamos para o refeitório.

– Sim, mais que o permitido – disse Rissen, mudando de tom e de raciocínio. – Fique satisfeito por não termos encontrado nenhum santo ou herói do tipo permitido, creio que assim me sentiria menos convencido. De resto, tampouco tivemos contato com algum criminoso.

– Sim, mas aquele último! Concordo que ele nada tenha feito de nocivo, tampouco creio que executará algum daqueles crimes absurdos que mencionou, pois é um homem idoso controlado pelo Lar, onde com certeza há muita vigilância. Imagine se ele fosse jovem e tivesse a possibilidade de pôr todas as suas fantasias em prática! É em situações como essa que minha kallocaína terá utilidade. Será possível prever e prevenir muitos horrores que agora podem nos surpreender de repente, sem que os tenhamos visto se aproximar...

– Desde que se apanhem as pessoas certas. Isso não é fácil. Porque o senhor não está sugerindo que todos sejam examinados, não é?

– E por que não? Por que não todos? Sei que é um sonho para o futuro, mas mesmo assim! Prevejo que mais adiante todos os candidatos a algum cargo terão de passar pela prova da kallocaína tão naturalmente quanto passam pelos testes psicotécnicos aplicados hoje em dia. Dessa maneira, não será apenas a capacidade profissional que será avaliada, mas também o valor da pessoa como camarada soldado. Eu consigo até imaginar um exame anual e obrigatório com kallocaína em cada camarada soldado...

– Seus planos futuros não são nada modestos – Rissen insinuou. – Mas seria um investimento grande demais.

– O senhor tem toda a razão, meu chefe, seria um investimento grande demais. Seria necessário um novo departamento com centenas de funcionários, todos teriam de ser retirados das fábricas e da organização militar. Antes que uma nova ordem seja posta em prática, teríamos de aumentar a quantidade de pessoas, como temos falado há muitos anos, mas que todavia ainda não aconteceu. Talvez possamos ter a esperança de uma nova conquista para nos tornarmos mais ricos e mais produtivos.

Rissen apenas balançava a cabeça.

– De maneira nenhuma – disse ele. – Se concluirmos que o seu plano é o mais urgente de todos, o único indispensável, o único que poderá aliviar as nossas piores apreensões, então investiremos nele. Se preciso for, diminuiremos o nosso padrão de vida, aumentaremos a nossa produção, e a sensação de segurança e de tranquilidade plena substituirá tudo aquilo que perdermos.

Eu não tinha certeza se ele estava falando sério ou sendo irônico. Por um lado, eu estava pronto para soltar um longo suspiro de insatisfação diante da ideia de ter de baixar mais ainda o nosso padrão de vida. (Somos mal-agradecidos, pensei, somos egoístas e sedentos por prazer, quando na verdade o que importa são as coisas maiores que o deleite do indivíduo.) Por outro lado, sentia-me lisonjeado ao pensar que a kallocaína poderia, um dia, ter um papel tão importante. Mas, antes que eu tivesse tempo de dizer algo, ele se adiantou, dizendo em outro tom de voz:

– Pode-se afirmar, com certeza, que será o último vestígio da nossa privacidade a ser violado.

– Bem, mas *isso* importa menos! – disse eu alegremente. – A coletividade está pronta para conquistar o último território onde as tendências associais podiam anteriormente se abrigar. Para mim está claro que a grande comunidade está próxima do ápice.

– Comunidade – ele repetiu lentamente, como se duvidasse das minhas palavras.

Eu não tive tempo de responder, estávamos em frente à porta do refeitório e precisávamos nos separar e ir para nossos lugares em mesas diferentes. Terminar a nossa conversa não era possível, em parte porque despertaria suspeitas e em parte porque estávamos no caminho do turbilhão de pessoas ansiosas pelo almoço. Enquanto ia para o meu lugar e acomodava-me, fiquei pensando no tom duvidoso dele e me irritei. Ele devia saber com certeza o que eu queria dizer, pois aquilo sobre a comunidade não era uma invenção minha. Cada camarada soldado aprendia desde pequeno a diferença entre a vida inferior e a vida superior. A inferior era descomplicada e indiferenciada, como a dos animais unicelulares e a das plantas. A superior era mais complexa e extremamente diferenciada, como o corpo humano no seu pleno e funcional desenvolvimento. Cada camarada soldado aprendia também que acontecia o mesmo com as formas sociais. De uma horda sem propósitos havia se desenvolvido o corpo da sociedade, que se tornou a mais organizada e diferenciada de todas as formas – o nosso atual Estado Mundial. Do individualismo ao coletivismo, do isolamento à comunidade, assim havia sido a jornada desse imenso e sagrado organismo, no qual o indivíduo nada mais é do que uma célula sem maiores significados que servir o conjunto do organismo. Tudo isso era bem conhecido dos jovens que tinham frequentado os campos de crianças, e Rissen também deveria saber. Além disso, ele deveria ter compreendido o que não era difícil de compreender, que a kallocaína era um elo necessário em todo esse desenvolvimento, pois ampliava a sensação de coletividade até o âmago de cada indivíduo, aquilo que até então cada qual havia mantido para si mesmo. Será que Rissen não era capaz de entender algo tão lógico ou não queria entender?

Olhei em direção à sua mesa. Lá estava ele sentado com a postura descuidada, mexendo a sopa com um ar distraído. Aquele homem afligia-me de um modo enigmático. Ele não era apenas estranho, distinto dos outros a ponto de ser ridículo, era também esquisito de um modo que vagamente sugeria perigo. Eu ainda não sabia que tipo de perigo seria, mas isso me fazia observar, mesmo contra a minha vontade, tudo o que ele dizia ou fazia.

O nosso experimento continuaria depois do almoço, e dessa vez seria uma tentativa mais complexa. Eu havia planejado tudo tendo em mente um chefe de controle mais desconfiado que Rissen, pois de qualquer maneira a meticulosidade era uma virtude. As minhas tentativas não ficariam somente sob a supervisão do chefe de controle. Se fossem aprovadas por ele, seriam discutidas em diversas áreas da Cidade Química, talvez até mesmo entre os juristas da capital. As cobaias humanas que havíamos solicitado agora não precisavam ser saudáveis, isso fora salientado; era suficiente apenas que estivessem em pleno gozo dos seus sentidos. Por outro lado, deveriam satisfazer uma outra condição, dificilmente exigida de uma cobaia humana: precisavam ser casadas.

Por telefone, entramos em contato com o chefe de polícia para solicitar permissão para esse novo experimento.

Apesar de termos à nossa disposição o corpo e a alma dos funcionários do Serviço Voluntário de Cobaias Humanas, sem maiores considerações que o bem do Estado, não dispúnhamos da vida das suas esposas e maridos, como tampouco dos outros camaradas soldados. Para tanto, necessitávamos da autorização especial do chefe de polícia. Ele estava de má vontade no início, achava que era algo desnecessário enquanto houvesse cobaias de profissão e não compreendia do que se tratava. Insistimos tanto que ele, com pressa, começou a ficar impaciente, e conseguimos convencê-lo de que nada mais grave que medo e um breve mal-estar acometeriam as cobaias. Ele finalmente nos autorizou, mas ordenou que fôssemos até lá à noite para informá-lo melhor dos detalhes com calma e tranquilidade.

As dez cobaias escolhidas e casadas foram chamadas de uma vez. No meu fichário eu precisava não somente anotar seus números, mas também seus nomes e endereços, o que não constava na ficha pessoal, e isso causou alguma surpresa e apreensão. Tive de acalmá-las e pô-las a par do assunto.

A ideia era que as cobaias fossem para casa mostrando ao marido ou à esposa sinais de preocupação e angústia ou, se fosse mais fácil para elas, certo otimismo cego em relação ao futuro. Quando interrogadas, confessariam que estavam em uma missão de espionagem. Talvez alguém que viajara ao seu lado no metrô lhes teria cochichado ao pé do ouvido que poderiam ganhar muito dinheiro se estivessem dispostas a desenhar um mapa dos laboratórios do Serviço Voluntário de Cobaias Humanas, dos outros laboratórios e das linhas de metrô, como imaginavam que deviam ser. Depois bastava apenas aguardar, sem revelar aos parceiros que tudo não passava de um experimento.

No final da mesma tarde, fomos para a delegacia de polícia, devidamente munidos de um documento assinado pelo mais alto chefe de nossos laboratórios a respeito da nossa tarefa, além de uma licença de visita à delegacia, enviada com urgência. Com alguma dificuldade, eu conseguira trocar o meu serviço militar e policial noturno por um turno duplo posterior. Estávamos satisfeitos por termos conseguido entrar em contato com o chefe de polícia, precisávamos de sua ajuda para o que pretendíamos fazer. De qualquer forma, deu bastante trabalho convencê-lo, não porque ele tivesse dificuldade em compreender do que se tratava, e sim devido ao seu mau humor e ao fato de ele suspeitar de tudo e de todos. Devo confessar que a desconfiança dele me passou uma impressão melhor do que a credulidade cega de Rissen. Ainda que isso muitas vezes me afetasse, o que era de se esperar, quando finalmente ele concordou conosco, tive a sensação de que eu havia aberto uma porta muito segura com a chave certa, e não com uma chave mestra ou com um pontapé.

Para prosseguir com o experimento, era preciso que tomássemos conta das esposas e dos maridos tão logo eles ouvissem as confidências dos seus cônjuges, as nossas cobaias humanas. Eles poderiam ser denunciados nos termos da lei como cúmplices de uma conspiração e detidos de acordo com as normas vigentes e, mais adiante, levados até nós. Se o chefe queria pôr os seus subordinados a par de tudo o que estava acontecendo ou se preferia manter a missão apenas sob o seu conhecimento, era uma decisão que lhe cabia. O importante era que os cônjuges detidos recebessem as doses de kallocaína aplicadas por nós. Se ele quisesse vir pessoalmente controlar as condições dos detidos, verificando que não estavam sofrendo lesões desnecessárias e que consequentemente nenhum material humano estava sendo destruído, ou mandar algum representante, era algo que nos deixaria também lisonjeados. Creio que o convite que fizemos para que viesse "pessoalmente" o deixara mais condescendente. Apesar de seu mau humor, ele estava curioso para ver como minha invenção funcionava. Finalmente recebemos a autorização por escrito, depois da promessa feita por telefone, com a sua assinatura de letras firmes e angulosas, sob o nome de "Vay Karrek". Decidimos prepará-lo para o caso de algum dos cônjuges resolver denunciar o falso criminoso, o que poderia vir a acontecer. Visto que tudo não passava de uma experiência, ninguém deveria ser enviado à prisão de verdade. Deixamos com ele uma lista com os nomes das cobaias e ficaríamos gratos se os cônjuges fossem convocados o mais rápido possível, ou seja, na manhã do dia seguinte.

Cansados, mas satisfeitos com o resultado, voltamos da delegacia.

Quando cheguei em casa e fui para o quarto, vi que Linda já havia ido se deitar. Na minha mesinha de cabeceira, uma mensagem me aguardava. Tratava-se do meu serviço militar e policial, que passava de quatro para cinco noites por semana dali em diante. As autoridades achavam-se no direito de reduzir as noites em família de duas para apenas uma, enquanto as palestras e as festas continuavam nos seus dias e horários de sempre. (As últimas não eram somente indispensáveis para a recreação e educação dos camaradas soldados, mas também para a continuidade do Estado. Afinal, onde e quando os camaradas soldados, que já tinham deixado os campos de jovens para trás, teriam oportunidade de encontrar alguém e se apaixonar? Linda e eu também tínhamos de ser gratos a uma dessas festas pelo nosso casamento.) A mensagem que eu recebera naquela noite estava de acordo com o que eu vinha suspeitando, e vi que Linda também tinha um papel parecido sobre a sua mesinha.

Todos os assuntos possíveis pareciam ter o propósito de atrapalhar as noites em família, o que eu já sabia por experiência própria. Para piorar a situação, era provável que levasse muito tempo até que eu tivesse uma noite somente para mim mesmo. Como ainda não era tarde e eu não estava tão cansado como costumava ficar depois de uma noite em serviço, resolvi fazer o que eu teria de fazer de qualquer modo. Acomodei-me e escrevi o pedido de perdão que seria anunciado pelo rádio.

Eu, Leo Kall, funcionário do principal laboratório para toxinas orgânicas e anestésicos do departamento experimental da Cidade Química nº 4, venho fazer o meu pronunciamento de desculpas.

Na festa de despedida do campo de jovens para funcionários convocados no dia 19 de abril do corrente ano, cometi um erro de natureza grave. Tomado por uma falsa compaixão, produzida pelas lamentações de um indivíduo, e por um falso heroísmo, dos que preferem o trágico e o obscuro ao lado belo e luminoso da vida, fiz o seguinte discurso. (O discurso estava em anexo e deveria ser lido em tom ligeiramente irônico.) Sobre esse discurso, o Sétimo Departamento do Ministério da Propaganda havia expedido a seguinte declaração: Quando um guerreiro devotado etc. (A declaração deveria ser repetida, pois era muito importante que a audiência fosse alertada previamente no caso de ter opiniões e sentimentos semelhantes.) Assim, apresento o meu pedido de desculpas pelo meu lamentável deslize, reconhecendo profunda e inteiramente o desagrado do Sétimo Departamento do Ministério da Propaganda, assim como também me declaro disposto, a partir deste momento, a agir de acordo com a convincente investigação da questão.

Na manhã seguinte pedi a Linda que desse uma lida no que eu escrevera, e ela mostrou-se satisfeita. Não havia exageros, ninguém poderia encontrar alguma ironia subentendida, ao mesmo tempo que não se podia apontar nenhum orgulho falso e estúpido. Eu precisava apenas passá-lo a limpo, enviá-lo e depois aguardar que chegasse a hora do pronunciamento de desculpas pelo rádio.

O EXPERIMENTO LOGO DEU UMA VIRADA UM TANTO ameaçadora. Telefonamos para a delegacia ainda muito cedo no horário da manhã para saber se havia acontecido algo e logo comprovou-se que já era tarde demais. Dos dez casos, nove já tinham sido denunciados pelos cônjuges. Era difícil saber se o décimo caso estava ou não para ser denunciado também – de qualquer forma, a ordem de prisão tinha sido expedida, e podíamos aguardar a chegada da pessoa em questão ao nosso laboratório em duas ou três horas.

As expectativas não eram exatamente positivas. Devo reconhecer ter ficado um tanto surpreso com a lealdade e com a rapidez de reação demonstrada pelos cônjuges, o que seria naturalmente uma felicidade caso não se tratasse somente de um experimento. Certamente seria necessário repetir a tentativa. Precisávamos apresentar pelo menos alguns casos bem-sucedidos antes que o Estado pudesse utilizar a nossa invenção.

Requisitamos um novo grupo de dez cobaias casadas, e eu repeti o meu pequeno discurso do dia anterior. Tudo foi feito da mesma maneira, e a única diferença era o mau estado das cobaias dessa vez. Duas vieram mancando de muletas, e outra tinha ataduras ao redor da cabeça. Talvez tenham vindo dessa maneira porque eram poucas as cobaias casadas, e justamente nesse experimento as muletas não tinham a menor importância, mas mesmo assim! Nos últimos tempos a falta de cobaias humanas era evidente. Obviamente elas tinham sido consumidas durante os anos, e algo deveria ser feito quanto a isso para que o trabalho pudesse ter continuidade. Assim que elas saíram da sala, exclamei:

– Mas isso é um escândalo! Logo não haverá mais funcionários dispostos a trabalhar aqui! Seremos obrigados a fazer experiências em moribundos e em dementes! Já não está na hora de o governo fazer uma nova campanha como aquelas que a nossa primeira cobaia mencionou para preencher as vagas?

– Nada o impede de reclamar – disse Rissen, encolhendo os ombros.

Tive uma ideia. Naturalmente, e com razão, as autoridades não poderiam dar muita importância às reclamações de um único camarada soldado. Por outro lado, seria possível dar início a uma coleta de nomes em todos os laboratórios da cidade em que cobaias humanas eram utilizadas e se observava a falta delas. Resolvi dedicar uma noite em que não estivesse cansado demais, ou até uma noite de folga, na pior das hipóteses, para formular o pedido, que poderia ser copiado e enviado às diversas instituições. Um empreendedorismo de tal natureza não poderia ser nada senão meritório, pensei.

As horas prévias à chegada do prisioneiro foram dedicadas a uma espécie de interrogatório conduzido por Rissen a respeito da kallocaína e dos seus similares entre os compostos químicos e medicinais. Ele era competente na sua área, não posso negar. Creio ter me saído bem e estava admirado por ele confiar na minha capacidade em um interrogatório como aquele. Seria a sua intenção declarar-me competente para que eu fosse promovido? Na realidade eu sabia da minha competência, mas mesmo assim... Pareceu-me que ele tinha percebido a minha desconfiança como um arrepio na pele e respondera na mesma moeda. Um tanto reservado, aceitei a sua gentileza. O que ele esperava ou exigia de mim no futuro era impossível de adivinhar. De qualquer modo, eu não me deixaria levar pela sensação de uma falsa segurança.

Perto da hora marcada, um homem de uniforme da polícia entrou, anunciando a chegada de Karrek, o chefe de polícia. Como ele estava interessado no assunto! Na verdade, era uma grande honra para toda a instituição, sobretudo para mim, ter um homem tão poderoso presente durante o meu experimento. Com um ar um pouco irônico, provavelmente porque sabia que deixava a sua curiosidade transparecer em demasia, ele acomodou-se na cadeira que lhe oferecemos. Passado um momento, a cobaia foi conduzida para a sala, uma pequena mulher, ainda jovem, delicada e frágil. Ou ela era inusitadamente pálida por natureza ou o nervosismo a deixara assim.

– A senhora fez uma denúncia para a polícia? – perguntei por via das dúvidas.

– Não – respondeu surpresa, ficando ainda mais transparente. (Mais pálida era impossível.)

– E a senhora nada tem a confessar? – perguntou Rissen.

– Não! – Agora a sua voz estava firme novamente, sem nenhum tom de surpresa.

– A senhora foi acusada de cumplicidade em uma conspiração contra o Estado. Pense bem: nenhuma pessoa próxima à senhora mencionou alguma traição ao Estado?

– Não! – ela respondeu com muita segurança.

Dei um suspiro de alívio. Fosse por má-fé ou meramente por negligência, o fato é que não delatara o marido a tempo e, *hoje*, não estava disposta a confessar. Estava provavelmente amedrontada. Sua postura tensa e o rosto contraído, sob circunstâncias normais, seriam muito adequados para um bravo e enérgico camarada soldado, mas agora ela passava a impressão de insubordinação e rebeldia apenas. Quase sorri ao pensar na ilusão engendrada que ela ocultava como um valioso segredo, e como faríamos para que ela confessasse, nós, que sabíamos seu valor... Ainda mais quando se pensava em tudo o que ela já havia suportado, pagando um alto preço por algo que na realidade nem existia. Havia sido conduzida apressadamente em um vagão blindado pelos trilhos mais subterrâneos do metrô, destinados ao exército e à polícia, fora amordaçada, algemada e vigiada severamente por dois policiais, como era de costume no transporte de suspeitos de subversão. Mas meu sorriso jamais foi revelado. Mesmo que a história não passasse de uma mentira e toda a investigação não fosse mais que uma comédia, a participação dela era, no entanto, real e criminosa, independentemente do fato de se tratar de má intenção ou negligência.

Quando foi acomodada na cadeira, ela estava prestes a sofrer um desmaio. Devia estar achando que meu inocente laboratório era uma câmara de torturas onde tentaríamos fazê-la confessar tudo aquilo que não queria. Enquanto Rissen a sustentava para que não desmaiasse, apliquei-lhe a injeção e, em silêncio, ficamos os três aguardando, o chefe de polícia, Rissen e eu.

Daquela frágil e aterrorizada cobaia, que nada mais era do que uma amadora, se nos é permitido assim dizer, poderíamos esperar uma reação parecida e queixosa como a do nº 135, a minha primeira cobaia, mas o que aconteceu foi exatamente o contrário. Seus traços rígidos e tensos começaram a se relaxar gradualmente, dando-lhe a expressão inocente de uma criança. As rugas na testa desapareceram. Sobre a face esquálida e as maçãs do rosto salientes, um sorriso quase de felicidade se insinuou. Com um espasmo, endireitou-se na cadeira e arregalou os olhos, suspirando profundamente. Permaneceu em silêncio por um momento, até eu começar a suspeitar que a minha kallocaína não tivesse eficácia.

– Não há por que ter medo – disse ela, finalmente, um tanto hesitante e aliviada. – Ele deve saber disso também. Nenhuma dor, nenhuma morte. Nada. Ele sabe. Por que eu não falaria sobre isso? Por que eu não iria querer também falar sobre isso? É claro, ele me contou ontem à noite, e agora eu sei o que ele já sabia desde então: que nada há a temer. Ele sabia disso quando falou comigo. Nunca me esquecerei. Ele teve coragem. Eu nunca teria. É o maior orgulho da minha vida que ele tenha tido a coragem, e serei grata por toda a minha vida, viverei em gratidão para retribuir tudo a ele.

– Do que ele teve coragem? – perguntei, ansioso para chegar logo ao ponto.

– De falar comigo. Sobre algo que eu não teria coragem...

– E sobre o que ele falou?

– Tanto faz. Não significa nada. Alguma bobagem. Alguém queria que ele fornecesse informações, como esboços de mapas, e lhe pagaria por isso. Ele ainda não fez nada. Ele disse que pensava em fazê-lo, mas eu não o compreendo. Eu nunca faria isso. Mas ele queria contar-me, e eu quero conversar com ele sobre o assunto. Ou ele vai me entender ou eu vou entendê-lo. Vamos nos entender e agir juntos, quando agirmos. Estou do lado dele. Junto dele nada tenho a temer. Ele não teve medo de mim.

– Esboços de mapas? Mas a senhora não sabe que todas as tentativas de fazer mapas de qualquer tipo são totalmente proibidas e vistas como uma alta traição ao Estado?

– Sim, claro que sei. Estou dizendo que não o compreendo – respondeu ela, impaciente. – Mas nós vamos nos entender, eu a ele e ele a mim. Devemos agir juntos. O senhor não entende que tive medo dele, mas ele não teve medo de mim, já que me contou tudo. Ele tampouco tem motivos, nunca terá. Nunca. Sei que eu deveria ter...

– Portanto – eu a interrompi com aspereza, sem nenhum motivo aparente. – Portanto, ele tinha um acordo com alguém que compraria os esboços dos mapas. Que mapas são esses?

– Dos laboratórios – respondeu ela, indiferente. – Mas entendi que era isso que eu tinha...

– E a senhora tinha conhecimento de que se tratava de uma traição ao Estado? E que seria vista como cúmplice dessa conspiração se não o delatasse?

– Sim, sim, mas a outra questão era mais importante...

– A senhora sabe algo sobre o homem que queria os esboços dos mapas?

– Eu até perguntei para ele, mas ele pouco sabia. Foi alguém que se sentou ao seu lado no metrô, dizendo que ia aparecer novamente, mas não quis dizer nem onde nem quando, apenas que pagaria pelo serviço assim que recebesse os esboços. Antes disso deveríamos chegar a um acordo...

– Isso é o suficiente – eu disse, meio virado para Rissen, meio virado para o chefe de polícia. – Conseguimos arrancar dela todas as informações que o marido deveria dar-lhe. O resto é irrelevante.

– É realmente interessante – disse o chefe de polícia. – Extremamente interessante. Seria possível mesmo tornar as pessoas tão comunicativas utilizando meios tão simples? Perdoem-me, por favor, mas sou cético por natureza. Obviamente tenho plena confiança na sua honra e meticulosidade, mas mesmo assim gostaria de poder presenciar o experimento mais uma ou duas vezes. Não me entendam mal, camaradas soldados. A polícia estar interessada na sua invenção é algo bastante razoável.

Com muita alegria, dissemos que ele sempre seria bem-vindo ali e que também poderíamos, ao mesmo tempo, entregar-lhe a lista das novas cobaias. Oxalá esse grupo não seja exposto aos mesmos sacrifícios que o outro, pensei. Mal concluí o meu pensamento e estremeci de pavor. Ali estava eu desejando que um certo número de pessoas se convertesse em camaradas soldados traidores... Recordei-me das palavras que Rissen dissera no dia anterior: nenhum camarada soldado acima dos 40 anos tem a consciência limpa. Fui tomado imediatamente por uma latente aversão por Rissen, como se ele houvesse me obrigado a esse desejo contrário ao Estado. De alguma maneira eu talvez tivesse razão, não que o meu desejo fosse obra dele, mas sem as suas palavras talvez eu nunca tivesse pensado naquela contradição.

A mulher na cadeira se mexeu, soltando um gemido, e Rissen entregou-lhe um copo de cânfora.

Subitamente ela se levantou e deu um grito, encolheu-se apavorada, cobriu a boca com as mãos e começou a gritar muito alto. Tinha retomado a consciência e percebera o que fizera.

A cena era horrível e angustiante, ainda que me desse alguma satisfação. Há pouco, quando ela se encontrava ali, perdida na sua tristeza infantil, eu havia, contra a minha vontade, respirado mais fundo e mais calmo que de costume. Ela irradiava uma espécie de repouso que me lembrava o sono, mas não posso afirmar se é assim que eu mesmo costumo fazer quando estou dormindo e muito menos quando estou acordado. Ela tinha ficado ali, pensando estar segura ao lado do marido – que a havia traído uma vez, desde o início –, e agora ela também o tinha traído, mesmo sem a intenção de fazê-lo. Tão irreal como o crime dele, irreal era a sua segurança há pouco, e irreal era o seu pavor agora. Lembrei-me do efeito Fata Morgana que os viajantes do deserto enxergam sobre as camadas de sal: palmeiras, oásis e fontes; nos piores casos, abaixam-se para beber da água salgada das poças e perecem. Assim ela fizera, pensei, e assim é a bebida que sorvemos das fontes antissociais, individualistas e sentimentais. Uma ilusão, uma nociva ilusão.

Ocorreu-me que ela deveria ficar sabendo de toda a verdade, não para que escapasse do seu arrependimento descontrolado, mas para que percebesse toda a inconsistência na segurança passageira que tivera.

– Acalme-se – eu disse. – A senhora não tem motivos para se lamentar, muito menos pelo seu esposo. Ouça o que lhe digo: *seu esposo nunca se encontrou com aquele homem*. Ele é completamente inocente. Toda a história que lhe contou foi por ordem nossa. Foi um experimento, e a senhora foi uma cobaia!

Ela olhava para mim com os olhos arregalados, sem parecer compreender.

– Toda a história de espionagem foi uma mentira – repeti, e não pude evitar um sorriso, mesmo sabendo que sorrir fosse inadequado. – A confidência de seu marido ontem não foi nenhuma confidência. Ele agiu somente sob nossas ordens.

Por um instante tive a impressão de que ela estava prestes a desmaiar novamente, mas ficou rígida, endireitando-se. Permaneceu no meio da sala, frágil e paralisada, sem dar um passo para a frente ou para trás. Eu nada mais tinha a lhe dizer, tampouco conseguia tirar meus olhos dela. Sentia compaixão pela mulher, pelo seu estado naquele momento, abalada e imóvel, parecendo uma coisa morta, sem uma gota sequer da sua feliz segurança de antes. Era uma fraqueza embaraçosa, mas era mais forte que eu. Esqueci-me do chefe de polícia, esqueci-me de Rissen e sentia-me transbordar de um estranho desejo de fazê-la compreender que eu sentia o mesmo que ela naquele instante... Fui arrancado daquele doloroso momento de apatia ao ouvir as palavras do chefe de polícia:

– Creio que essa mulher deva permanecer sob custódia.

A traição era simulada, mas a participação dela não poderia ter sido mais real. Por outro lado, não temos o direito de condená-la de qualquer jeito, temos de seguir os procedimentos legais.

– Impossível! – exclamou Rissen, perturbado. – Não nos esqueçamos de que isto é um experimento, trata-se de nosso funcionário, ou melhor, de seu cônjuge...

– E como eu poderia levar isso em consideração? – perguntou Karrek, rindo.

Pela primeira vez, eu dava toda a razão para Rissen.

– Tal detenção é totalmente inconsistente – eu disse. – Se despedirmos o marido dela e o transferirmos para outro local, o que é muito difícil para os funcionários do serviço de cobaias, pois têm a saúde debilitada, a história vazará, e um novo recrutamento para a profissão, que já é bem complicado, se tornará uma verdadeira catástrofe. Eu imploro, pelo bem de todos, que o senhor desista dessa detenção!

– O senhor está exagerando – respondeu Karrek. – A história não precisa espalhar-se. Por que o marido dela iria para outra área? Ele pode muito bem sofrer um acidente a caminho de casa.

– Não creio que a sua intenção seja tirar de nós uma das nossas poucas e valiosas cobaias humanas – lamentei. – No que diz respeito à mulher, ela não é mais nenhum perigo. Na próxima vez ela não confiará em ninguém tão facilmente. De resto – acrescentei num ímpeto –, se vocês prenderem a nossa cobaia, significa que a kallocaína já está legalizada como método de interrogatório, e o senhor há de concordar comigo que ainda é cedo demais para isso, meu chefe...

O chefe de polícia estreitou os olhos até reduzi-los a uma linha fina, dando um sorriso frio e amigável ao mesmo tempo, e falou como quem conversa com uma criança:

– Veja só, o senhor tem o dom da palavra e da lógica. Para o bem do laboratório, revogo a prisão, pois não sinto prazer algum com isso. Tenho de ir agora – ele olhou para o relógio –, mas voltarei aqui para observar suas novas experiências.

Ele foi embora, a mulher teve as algemas retiradas e foi liberada. Suspirei aliviado, tanto pelo laboratório como pela mulher. Ela foi conduzida para fora do local, andando rígida como uma sonâmbula, e, pela segunda vez, um pensamento me afligiu. E se eu houvesse calculado mal? E se a minha kallocaína mostrasse os mesmos efeitos adversos da vez anterior, talvez afetando o tão delicado sistema nervoso? Acabei me acalmando e nenhuma das minhas apreensões se concretizou. Através do marido dela, mais tarde tomei conhecimento de que ela parecia absolutamente normal, talvez um pouco mais introspectiva do que antes, apesar de que sempre fora um pouco assim, segundo ele.

Quando ficamos novamente a sós no laboratório, Rissen disse:

– Ali estava o embrião de uma outra espécie de sociedade.

– Sociedade? – perguntei surpreso. – Como assim?

– Nela, na mulher.

– Ah! – exclamei, cada vez mais surpreso. – Essa espécie de sociedade, sim, o senhor tem razão, meu chefe, pode-se chamar de embrião de uma sociedade, mas nada mais do que isso! Esse tipo de sociedade já existia durante a Idade da Pedra! Em nossos dias é apenas algo rudimentar e danoso. Não é mesmo?

– Hum – disse ele apenas.

– Esse caso foi somente um exemplo do que poderá acontecer se os indivíduos forem realmente muito ligados – disse, tentando ser persuasivo. – De modo que a ligação mais importante, a ligação com o Estado, pode ser rompida!

– Hum – disse ele novamente. E, em seguida, continuou: – Talvez não fosse tão ruim viver na Idade da Pedra.

– É uma questão de gosto, claro. Se a preferência for a batalha de todos contra todos ante o Estado perfeitamente organizado, construído com ajuda mútua, então seria melhor ter vivido durante a Idade da Pedra. Na verdade, é engraçado pensar que existam neandertais entre nós...

Eu estava referindo-me a ele, mas fiquei com medo e corrigi-me:

– Estou falando daquela mulher, obviamente.

Fiquei com a impressão de que ele se virara para o outro lado para ocultar o sorriso irônico. É irritante como podemos deixar escapar o que não desejamos mesmo sem kallocaína, pensei.

QUANDO VOLTEI PARA CASA DEPOIS DO EXPEDIENTE, o porteiro me avisou que alguém no distrito havia pedido licença temporária de superfície com o intuito de me encontrar. Fiquei olhando para o nome, Kadidja Kappori, totalmente desconhecido para mim. Tampouco conseguia me lembrar de já tê-lo ouvido em algum lugar. O porteiro não havia entendido bem por telefone qual seria o assunto, ele achava que se tratava de um divórcio. Muito misterioso! Acabei ficando tão curioso que deixei a cautela de lado, assinei o papel e disse estar disposto a recebê-la. Vi que o porteiro também assinava, atestando estar ciente de tal convite e que controlaria o tempo de visita. Depois bastava apenas enviar tudo para o controlador do distrito, que autorizaria a licença para visita e enviaria a resposta para os requerentes.

Depois, Linda e eu devoramos a comida apressadamente e nos dirigimos cada um para o respectivo serviço militar, que havia aumentado não apenas em quantidade, mas também em qualidade. Nos dias que se seguiram, passei a considerar o tempo de trabalho a parte menos exigente do dia, enquanto a minha tarefa mais árdua era o serviço noturno, que muitas vezes exigia o uso de armas. Sentia-me contente por a minha invenção estar pronta. Se eu tivesse sido um pouco mais lento, ela nunca ficaria completa, ao menos se as minhas noites passassem a ser assim de agora em diante. Contava com poucas horas para refletir e tirar conclusões. Agora só faltava a última parte prática, que progredia em um bom ritmo, especialmente devido à presença de Rissen, que me deixava em estado de alerta. Percebia-se o quanto ele estava cansado e, por ser bem mais velho do que eu, não tinha a mesma energia, mas, de qualquer modo, eu nunca havia flagrado um erro dele.

O experimento, nesse meio-tempo, parecia ter se estagnado devido a tantas denúncias dos cônjuges. Tivemos de recomeçar do zero e, enquanto isso, continuar com os mesmos testes do primeiro dia.

Quando recomeçamos pela terceira vez, sem que um único marido ou esposa houvesse demorado o suficiente a fazer a denúncia para que o seu cônjuge pudesse ser preso – e que trabalho desgastante era reunir cobaias casadas, na última vez fomos obrigados a aguardar três dias até que tivéssemos um número razoável –, finalmente a minha noite de folga chegou, e nada seria mais prazeroso do que poder ir para a cama umas horas mais cedo que o costume. As crianças já haviam dormido, a empregada tinha ido embora, acertei o despertador e me espreguicei mais uma vez antes de começar a despir-me, quando ouvi a campainha tocar.

Kadidja Kappori, pensei imediatamente, amaldiçoando minha cortesia, que me fizera assinar aquele pedido desnecessário de visita. O pior era que eu estava sozinho em casa, pois Linda precisara dedicar sua noite de folga a uma reunião do comitê encarregado dos preparativos para uma festa em homenagem a uma chefe recém-aposentada das fábricas de produtos alimentícios da cidade, além da recepção à nova chefe que a substituiria no cargo.

Quando abri a porta, havia ali uma senhora idosa, grande, robusta e de expressão pouco inteligente no rosto.

– Camarada soldado Leo Kall? – ela perguntou. – Sou Kadidja Kappori, e o senhor fez a gentileza de aceitar o meu pedido de encontro.

– Sinto muito, mas encontro-me sozinho em casa no momento – respondi –, por isso não poderei atendê-la. Lamento se a senhora foi obrigada a fazer uma longa viagem a esta hora, mas, como a senhora talvez já saiba, tem havido inúmeras provocações nas quais o acusado encontra muita dificuldade em provar sua inocência justamente por não haver outras testemunhas e a polícia não estar vigiando o local no momento...

– Mas não é essa a finalidade da minha visita – disse ela, suplicando. – Posso garantir-lhe que as minhas intenções são as melhores.

– Não suspeito pessoalmente da senhora – respondi. – Mas a senhora há de concordar comigo que qualquer um poderia afirmar o mesmo. O mais seguro, no meu caso, seria não recebê-la. Não a conheço, e ninguém sabe o que a senhora, mais tarde, poderia inventar que eu lhe disse.

Eu falara em um tom de voz bastante alto para que a minha inocência ficasse clara perante os vizinhos. Foi exatamente isso que lhe deu uma ideia.

– Será que o senhor não poderia chamar algum vizinho como testemunha? – ela perguntou. – Embora confesse que gostaria de conversar a sós com o senhor.

Era sem dúvida uma boa solução. Toquei a campainha da porta mais próxima. Ali vivia um médico responsável pelos funcionários dos refeitórios do Laboratório de Experiências. Eu o conhecia apenas de vista, e às vezes escutava quando ele e a mulher discutiam, graças às paredes finas do nosso prédio. Ao tocar a campainha, ele logo abriu a porta, olhando para mim e enrugando a testa. Fui direto ao assunto. Enquanto eu lhe explicava o motivo de estar ali à sua porta, a ruga em sua testa foi se atenuando, ele se interessou pelo assunto e aceitou me ajudar. Ele estava sozinho em casa. Por um momento me arrependi e fiquei refletindo se seria uma boa ideia, mas na realidade não havia nenhum motivo para que eu desconfiasse de um complô de Kadidja Kappori.

Entramos todos no quarto dos pais, onde eu apressadamente levantei a cama de casal já armada para dormir, a fim de que tivéssemos mais espaço e para que o lugar ficasse mais parecido com uma sala de estar.

– É claro que o senhor não sabe quem eu sou – ela iniciou a conversa. – Sou casada com Togo Bahara, do Serviço Voluntário de Cobaias Humanas.

Meu coração disparou e tentei evitar demonstrar a minha má vontade. Então, ela era uma das camaradas soldados leais que havia estragado o meu experimento. Ela devia estar ali para delatar seu companheiro. Por que vinha até mim em vez de ir direto à polícia? Era algo que eu não compreendia. Será que ela suspeitava de algo? Ou talvez achasse que seria menos cruel se entregasse seu marido para o chefe. De qualquer forma, era tarde demais para impedi-la agora, pois eu já havia deixado que ela entrasse e tinha o médico como testemunha.

– Ocorreu algo trágico na nossa casa – disse ela com tristeza nos olhos. – Outro dia, o meu marido chegou em casa me contando sobre o mais chocante acontecimento de todos, uma conspiração contra o Estado. Eu não podia acreditar no que ouvia. Estamos juntos há mais de vinte anos, botamos vários filhos no mundo, portanto eu achava que o conhecia muito bem. Bem, ele teve alguns períodos de nervosismo e depressão, mas entendo que isso faça parte de sua profissão. Eu trabalho como lavadeira na Lavanderia Central do distrito, e foi lá que recebemos a nossa moradia, mas isso não vem ao caso agora. Entendam-me, por favor, eu achava que o conhecia bem. Não que tenhamos falado tanto assim um com o outro, mas, depois de casados há alguns anos, acabamos sabendo o que dizer um ao outro, assim como podemos deixar de mencionar certas coisas. Mas é como se sentíssemos o que o outro quer ou queria ter dito quando dividimos o mesmo espaço por mais de vinte anos. Achamos que conhecemos o outro como a palma de nossa mão, mas seria algo muito estranho se essa mesma mão se transformasse em um pé e saísse andando por aí... E foi isso que aconteceu! O primeiro pensamento que me ocorreu foi que tudo aquilo não passava de uma bobagem! Togo *não poderia* ter agido assim. Mais tarde disse a mim mesma: ninguém pode ter certeza; é o que sempre estamos ouvindo na rádio e nas palestras, além de estar escrito nas placas do metrô e pelas ruas: NINGUÉM PODE TER CERTEZA! AQUELE QUE VOCÊ CONSIDERA MAIS PRÓXIMO PODE SER UM TRAIDOR! Eu não havia dado maior atenção a isso anteriormente, achava que não era comigo, mas o que passei em apenas uma noite foi pesado. Se o meu cabelo já não estivesse branco, ficaria assim da noite para o dia, garanto. Eu não conseguia acreditar que Togo, o meu Togo, fosse um traidor. Como é a aparência de um traidor? Eles são como pessoas comuns? São diferentes apenas por dentro, pois, se a sua personalidade fosse aparente, não precisaríamos nos preocupar. Eles fingem ser como os outros e isso só comprova o quanto são hipócritas. Ao me deitar naquela noite, eu já via Togo com outros olhos. Quando acordei de manhã, ele não era mais um ser humano para mim. NINGUÉM DEVE ESTAR SEGURO! AQUELE QUE VOCÊ CONSIDERA MAIS PRÓXIMO PODE SER UM TRAIDOR! Ele já me parecia pior do que um animal selvagem. Por um tempo, achei que se tratava de um pesadelo. Lá estava ele fazendo a barba, como de hábito, e então comecei a pensar em uma maneira de trazê-lo de volta para o bom caminho, e assim tudo ficaria bem novamente. Depois concluí que não se faz assim quando se trata de um traidor, pois ele nunca poderá se tornar uma pessoa melhor, e apenas o ato de ouvi-lo já é bastante perigoso. Ele já estava corrompido por dentro. Então, telefonei para a polícia assim que cheguei ao trabalho, pois era a única coisa que eu podia fazer a respeito. Achei que iam prendê-lo imediatamente, e, quando no final da tarde ele voltou para casa como de costume, fiquei aguardando a chegada da polícia. Ele percebeu e disse: "Você me delatou para a polícia e não deveria ter feito isso. Era um experimento, e agora você estragou tudo". Mas como eu poderia confiar nele? Como poderia acreditar novamente que ele era um ser humano? Quando finalmente compreendi que era verdade, senti vontade de pular no seu pescoço de alegria, mas ele estava muito zangado e *queria o divórcio*.

– Realmente, é muito estranho – foi tudo que consegui dizer.

Ela tentava se controlar, percebi que tinha vergonha de cair no choro.

– Quero que ele continue comigo – continuou. – Acho injusto ele querer o divórcio quando eu nada fiz de errado.

Era verdade, ela tinha razão. Não deveria ser punida por ter agido de boa-fé, como uma leal camarada soldado. O certo seria ela ser recompensada, permanecendo ao lado de seu Togo.

– Ele acha que não poderá mais confiar em mim – disse ela, continuando entre os soluços. – É claro que ele pode confiar em mim, agora que é uma pessoa novamente. Quero deixar claro que um traidor não pode confiar em mim, Kadidja Kappori.

A imagem do rosto transtornado daquela mulher sofrida permaneceu na minha mente como algo desolador e melancólico. O desejo de ter uma pessoa para confiar plenamente não passava de um capricho imaturo e sem sentido! Uma pessoa para confiar em um plano totalmente pessoal, independentemente do que ela faça! Devo reconhecer para mim mesmo que havia certo fascínio letárgico naquilo. O recém-nascido e o selvagem da Idade da Pedra talvez não estejam presentes em apenas alguns de nós, mas em todos, apenas em graus diferentes. Assim como julguei ser minha obrigação destruir o sonho daquela pálida mulher, também achei necessário acabar com a ilusão do marido de Kadidja Kappori, mesmo que me custasse mais uma noite de folga.

– Venham os dois me encontrar em um desses horários anotados – disse eu, escrevendo minhas horas livres em um pedaço de papel. – Se ele não mudar de ideia, eu posso explicar melhor.

Ela se despediu, agradecendo muito, e eu a acompanhei até a porta, assim como ao médico. Ele pareceu encarar tudo como uma grande diversão e passou o tempo todo rindo, o que me incomodara. Ele ainda dava risadinhas enquanto ia para casa. Eu não conseguia assimilar. Havia visto o principal significado do caso com clareza bastante para que pudesse me interessar pelas pessoas ridículas envolvidas.

Não consegui evitar contar a história para Rissen durante nossas horas no laboratório. Na realidade, o assunto não tinha relação alguma com nosso trabalho, porém, de qualquer modo, tinha certo significado pertinente. Suspeito que eu desejava me mostrar interessante e independente, como uma daquelas pessoas que as outras procuram quando estão em dificuldades e que facilmente consegue ajudá-las e aconselhá-las. O caso era que, embora eu criticasse Rissen com dureza, além de suspeitar profundamente dele, seu julgamento era muito importante para mim. Cada vez que me dava conta de que estava tentando impressioná-lo, sentia vergonha de mim mesmo e da minha fraqueza. Mas, passado um quarto de hora, voltava a acontecer, e eu fazia de tudo para receber a aprovação daquele estranho homem que ninguém respeitava. Quando eu achava que havia fracassado, tentava pelo menos implicar com ele, e queria crer que havia um plano consciente sob os meus pequenos truques. Se eu realmente conseguisse irritá-lo, ficaria sabendo de que lado ele estava, pensava comigo mesmo.

Entre os assuntos que discutimos, mencionei as palavras de Kadidja Kappori: "Ele não era mais um ser humano".

– Um ser humano! – exclamei. – Há uma espécie de superstição criada pelo povo em torno desse termo! Como se fosse algo mais digno a condição de ser humano! Ser humano! Não passa de um conceito biológico e deve ser abolido o mais rápido possível!

Rissen apenas olhava para mim com uma expressão enigmática.

– Por exemplo, veja essa Kadidja Kappori – continuei. – Para agir de forma correta, ela precisou primeiramente se desvencilhar de todas as restrições que tinha a respeito da superstição de que seu marido era "um ser humano", entre aspas, pois biologicamente ele nunca poderia ser outra coisa. Essa crise ela conseguiu superar em uma noite, mas quantas pessoas teriam o mesmo sucesso? Se demorasse um pouco mais para resolver o problema, estaria entre os traidores do Estado sem saber como tinha chegado lá, tudo em nome dessa superstição... Acho necessário começar do início e ensinar as pessoas a enxergarem "o ser humano", entre aspas, no camarada soldado.

– Não creio que sejam muitas as vítimas desse tipo de superstição – disse Rissen devagar, observando um tubo de ensaio que ele acabara de encher.

Ele não havia dito nada de tão extraordinário, tampouco havia algo mais a ser comentado. Rissen tinha uma maneira especial de se expressar, que sempre deixava algo subentendido. Isso fazia as pessoas se questionarem sobre o que ele tinha dito, sobre as suas palavras, o seu tom de voz, que pairavam no ar como um motivo de preocupação.

Aquela semana estava tão cheia de acontecimentos interessantes que acabamos deixando o resto de lado. De fato, foram acontecimentos importantes que deram origem ao sucesso da kallocaína no Estado Mundial. Mas, antes de contá-los, é preciso finalizar a história sobre o casal Bahara-Kappori.

Eles vieram me procurar após uma semana da primeira visita de Kadidja Kappori. Linda estava novamente ocupada com o seu comitê de preparativos, mas, como eu já conhecia a opinião de ambos e sabia que podia ter tudo sob controle, não chamei nenhuma testemunha. Eles pareciam abatidos e amargurados, o que deixava explícito que ainda não tinham feito as pazes.

– Então – eu disse para ajudá-los a dar início à conversa (era melhor levar a questão com bom humor) –, parece-me que uma recompensa extra teria ajudado dessa vez, camarada soldado Bahara. Um divórcio pode ser praticamente considerado um dano permanente. Aquela muleta, a propósito, é consequência do seu trabalho ou é a imagem da situação atual do seu casamento?

Ele não respondeu, permanecendo ali com cara de poucos amigos. A esposa cutucou-o, dizendo:

– Pelo menos responda ao seu chefe, querido Togo! Pois imagine estar casado há vinte anos e acabar se divorciando por isto aqui! Não passa de uma verdadeira injustiça, primeiro me enganou por causa de um experimento e depois ficou zangado devido às consequências!

– Se você pretendia me mandar para a prisão, pode muito bem viver sem mim, mesmo eu sendo inocente – respondeu ele com amargura.

– Mas não é a mesma coisa! – ela objetou. – Se fosse você quem tivesse tentado me enganar, já estaria no olho da rua! Mas como não foi o caso, conheço bem você há vinte anos, é óbvio que quero continuar ao seu lado! Eu não fiz nada para merecer que você me abandone.

– O senhor pode me responder, camarada soldado Bahara – disse eu em tom menos brincalhão agora. – O senhor acha mesmo que a sua esposa agiu mal ao denunciá-lo?

– Não sei se agiu mal exatamente...

– O que o senhor faria se alguém lhe contasse que era espião? O senhor não hesitaria por muito tempo, creio eu. Devo dizer ao senhor o que deveria fazer? Ir diretamente até a caixa de correspondência mais próxima ou telefonar e delatar a pessoa o mais rápido possível. Não é mesmo? O senhor não agiria dessa maneira?

– É claro que sim, mas não é exatamente a mesma coisa.

– Alegra-me ouvir que agiria assim, caso contrário seria um criminoso. E foi precisamente isso que a sua esposa fez. O que o senhor quer dizer quando afirma que não é a mesma coisa?

Ele tinha dificuldade de explicar. Fez algumas tentativas vacilantes:

– Ela acreditar de repente em qualquer coisa sobre mim... Depois de vinte anos! De um dia para o outro! A propósito, imagine se um dia eu fosse até ela, depois de fazer algo estúpido, para pedir-lhe conselhos...

– Seria tarde demais para arrependimentos. E o que significa acreditar em qualquer coisa? Vocês não sabem que temos a obrigação de suspeitarmos sempre? O Estado assim o exige. Vinte anos é muito tempo, de fato, mas *é possível* enganar-se por vinte anos. Não, você não tem nada do que reclamar.

– Não, mas se ela agora... não sei se...

– Tome cuidado com a sua língua, camarada soldado, o senhor pode facilmente contaminar a boa imagem que tenho de sua honra. A sua esposa denunciou-o como espião. Foi certo ou errado?

– Sim, sim, foi certo.

– Então, foi o correto a fazer. Ela delatou um espião, mas o senhor não era esse espião. Agora quer divorciar-se por ela ter feito algo correto a respeito de alguém que não era o senhor. Isso é razoável?

– Mas... sinto-me tão inseguro quando olho para ela e não sei se acredita em mim.

– Se eu fosse o senhor, pensaria muito bem se deveria pedir o divórcio porque a sua esposa agiu da maneira correta. A sua profissão não é atraente para as mulheres – tampouco a sua situação física –, portanto nenhuma mulher respeitável que conheça a sua história – e responsabilizo-me por torná-la pública – poderá tê-lo em consideração. O senhor ficará marcado para sempre pela vergonha.

– Mas eu não me sinto confortável – o homem murmurava cada vez mais confuso. – Não quero viver assim.

– O senhor realmente me surpreende – eu disse com um tom frio na voz. – Devo acreditar que o senhor seja um tipo antissocial? Fique sabendo que levaremos tudo isso em consideração no laboratório. Talvez não seja uma boa ideia ficar marcado dessa maneira.

Meu discurso afetou o homem, fazendo sua confusão se transformar em temor. Assustado, olhou para a mulher com os olhos arregalados e depois para mim. Após uma curta pausa, continuei:

– Estou convencido de que o senhor não estava mal-intencionado. Queria ter certeza de que sua esposa abandonara as suspeitas a sério, e foi o que ela fez, como o senhor pode perceber. Agora já não há motivo para divórcio, não é? Não tenho razão?

– Sim – ele admitiu, aliviado com a minha afabilidade, mesmo sem conseguir acompanhar realmente a minha linha de pensamento. – Naturalmente, não há mais motivos para um divórcio.

A esposa, que já havia compreendido muito bem que o perigo havia passado e tudo voltaria a ser como antes, estava radiante e muito aliviada. A sua gratidão foi a minha recompensa por duas noites de folga perdidas. A expressão carrancuda de Togo Bahara incomodava-me, mas isso logo se resolveria. Para ajudá-lo a relaxar, gritei enquanto saíam:

– Vocês podem voltar outra vez e me contar se ele realmente sentia o que disse ou se não passa de um tipo antissocial!

Bahara sabia que eu era seu chefe. O casamento de Kadidja Kappori estava salvo.

JUSTAMENTE NAQUELA SEMANA, NOSSO EXPERImento me pareceu excepcionalmente favorável. Nada menos do que três do grupo de dez pessoas estavam entre os delatados e, felizmente, a polícia também havia começado com as prisões. Tínhamos, portanto, três pessoas de fora à nossa disposição. O chefe de polícia Karrek compareceu pessoalmente ao controle. Alto e magro, acomodou-se na cadeira, esticou as longas pernas, cruzou as mãos sobre a barriga estreita e aguardou com um fogo secreto nos olhos puxados. O chefe de polícia era uma pessoa incomum, daquelas nascidas para ir longe. Sua atitude podia ser tão relaxada quanto a de Rissen, ou até mais, mas ele nunca abandonava o porte de militar. Enquanto Rissen deixava-se levar pelos próprios impulsos, mais conduzindo do que controlando, o descanso de Karrek era um impulso antes do salto, e naquele rosto fechado, no brilho por trás dos seus olhos, podia-se ler que seria um salto fatal para a presa, que não poderia escapar. Eu não sentia apenas respeito por sua força, mas também depositava esperança em seu poder. Logo ficaria comprovado que eu tinha razão.

Os três prisioneiros foram conduzidos um a um e examinados. Dois deles eram do mesmo tipo, com os quais nunca havíamos trabalhado. Eram criminosos comuns, atraídos pelo dinheiro prometido pelos espiões. Um deles, uma mulher, nos divertiu muito com suas confissões íntimas sobre os hábitos e a natureza do marido. Uma mulher inteligente e espirituosa, porém sem as características desejáveis em um camarada soldado, dado seu egoísmo individualista tão compacto.

O terceiro, pelo contrário, deu-nos algo em que pensar.

O motivo de não ter denunciado a esposa era um mistério, inclusive para ele mesmo. Por um lado, ele não demonstrava a mesma absoluta gratidão pela confiança da esposa, como aquela pequena e pálida mulher havia feito; por outro, ele não tinha interesse algum pela recompensa prometida. Mesmo que não negasse diretamente todas as possibilidades de que sua esposa pudesse ser uma espiã, ele obviamente não tinha certeza de que tudo era como ela lhe contara. Apesar de tudo, era possível dizer que certa indolência o impedira, uma indolência que talvez pudesse ter conseguido superar passados uns dias, o que era impossível saber. Se Karrek já não tivesse decidido dar mais valor ao perdão do que à justiça, aquela negligência o teria definido como um perigo ao Estado. Enquanto uma pessoa indolente ficava se preparando para agir, toda a traição já teria acontecido e o estrago estaria feito, e não somente isso, mas também toda a sua hesitação comprovava uma intolerável falta de dedicação ao Estado. De modo que não pareceu uma surpresa quando ele, entre outras coisas, deixou escapar:

– Tudo isso ainda tem muito menos importância do que a *nossa* causa.

Apurei os ouvidos, olhando para o chefe de polícia, que teve a mesma reação que eu.

– *A sua* causa? – perguntei. – Quem são *vocês*?

Ele sacudiu a cabeça, dando um sorrisinho ridículo.

– Não me pergunte – respondeu. – Não temos um nome ou uma organização. Apenas existimos.

– Como apenas existem? Por que dizem *nós*, se tampouco têm nome ou organização? Quem são vocês?

– Somos muitos, mas conheço poucos. Já vi muitos, mas não sei como a maioria se chama. Por que precisaríamos saber? Sabemos quem somos *nós*.

Como ele já mostrava sinais de que estava a ponto de despertar, olhei em dúvida primeiro para Rissen e depois para o chefe de polícia.

– Por tudo neste mundo, continue – murmurou Karrek entredentes. Rissen também fez um sinal afirmativo com a cabeça. Então, apliquei-lhe mais uma injeção.

– Vamos adiante, diga os nomes das pessoas que conhece.

Muito alegre e inocente, ele citou sem hesitar cinco nomes. Era o que sabia, afirmou. Outros ele não conhecia. Karrek deu um sinal para que Rissen anotasse os nomes minuciosamente, e ele obedeceu.

– E que tipo de rebelião pretendem fazer?

Apesar da injeção, ele nada respondeu. Era evidente que se esforçava para responder, mas não conseguia. Por um momento acreditei mais uma vez que a kallocaína pudesse, sob determinadas circunstâncias, não ter efeito algum, e senti que começava a suar frio de nervoso. A pergunta também poderia ter sido mal formulada, complicada demais – mas quero deixar claro que para mim era algo bastante simples –, porém talvez fosse difícil para a cobaia responder, ainda que estivesse acordada.

– Vocês desejam algo, não é verdade? – perguntei com cautela.

– Sim, claro, claro que queremos algo...

– E o que seria?

Silêncio novamente. Em seguida, disse com hesitação e esforço:

– Queremos fazer... queremos ser... outra coisa...

– Mesmo? E o que querem ser?

Silêncio. Um suspiro profundo.

– Há algum posto específico que queiram ocupar?

– Não, não. Não é nada disso.

– Vocês querem ser outra coisa em vez de camarada soldado do Estado Mundial?

– N-n-não... sim, quero dizer... não, não assim...

Eu estava confuso. Então o chefe de polícia Karrek encolheu as pernas sem fazer barulho, aproximou-se ainda com as mãos cruzadas, fechou um pouco os olhos e disse em voz baixa e penetrante:

– Onde o senhor se encontrou com os outros?

– Na casa de um deles que não conheço.

– Onde? E quando?

– No Distrito RQ, numa quarta-feira, há duas semanas...

– Eram muitos lá?

– Quinze ou vinte.

– Então não será tão difícil controlar onde foi – Karrek virou-se para mim e para Rissen. – O porteiro deve saber disso.

Ele continuou o interrogatório:

– Vocês tinham licença, não é? Estavam sob nomes falsos?

– Não usamos nomes falsos, pelo menos a minha licença era verdadeira.

– Muito mais fácil assim. Vamos adiante. O que foi discutido?

Mas foi ali que o interrogatório parou de evoluir. As respostas da cobaia tornaram-se embaralhadas e inseguras.

Tivemos de deixar o confuso homem em paz, pois o efeito da segunda dose já estava passando. Ele acordara sentindo fortes náuseas. Seu humor não parecia ter sido muito afetado, estava nervoso, porém não desesperado, mais surpreso do que envergonhado.

Assim que ele saiu da sala, o chefe de polícia levantou-se rapidamente, como a sua agilidade permitia, respirou fundo e disse:

– Aqui teremos trabalho. O homem nada sabia, disso estou certo. Seus companheiros devem saber mais. Podemos examinar nome por nome até chegarmos aos mandantes. Talvez se trate de uma grande conspiração, quem sabe?

Ele fechou os olhos, e uma expressão de satisfação e tranquilidade espalhou-se pelo rosto todo. Adivinhei o que estava pensando: esse caso me deixará conhecido em todo o Estado Mundial. Mas pode ser que eu tenha adivinhado errado. O chefe de polícia e eu éramos de naturezas diferentes.

– A propósito – continuou o chefe de polícia falando devagar, esquadrinhando ora um, ora outro –, viajarei em breve. É possível que vocês sejam convocados para um outro local, portanto fiquem preparados. A convocação pode ser enviada para casa ou para o trabalho. Tenham, por via das dúvidas, uma mala pronta com vocês aqui no laboratório, para que não se demorem indo buscá-la em casa. Basta apenas uma pequena mala com o indispensável para poucos dias. Deixem os aparelhos preparados para que possam levar consigo e mostrar como a kallocaína funciona.

– E o serviço militar? – perguntou Rissen.

– Se forem chamados, eu me responsabilizarei por tentar reorganizar seus horários de serviço. Se não for possível, a viagem terá de ser cancelada. Nada posso prometer. O que vocês farão nos próximos dias?

– Continuaremos com novas experiências.

– Há algum obstáculo para que retomem o assunto? Refiro-me à informação que recebemos do último examinado. Em vez de usarem as cobaias do Serviço Voluntário, vocês poderiam chamar nome por nome daqueles que nos foram fornecidos e ir anotando tudo o que for dito. O que acham?

Rissen ficou pensativo.

– Não há nada sobre esse tipo de caso nos regulamentos do laboratório.

O chefe de polícia riu de uma maneira indescritivelmente maldosa e estridente.

– Não devemos ser burocráticos – disse ele. – Se vier uma ordem do diretor do laboratório – Muili, não é? –, vocês não deverão seguir tão estritamente os regulamentos, creio eu. Irei diretamente a Muili. Depois basta entregar todos os nomes na delegacia. Talvez o bem-estar do Estado Mundial esteja em jogo e vocês aí se preocupando com os regulamentos!

Ele foi embora e olhamos um para o outro. Suspeito que o meu semblante parecesse tão vitorioso quanto cheio de admiração. Podia-se depositar o destino nas mãos de um homem como Karrek. Ele era pura vontade, e não havia dificuldades para ele.

Mas Rissen levantou as sobrancelhas com resignação.

– Assim nos tornaremos um subdepartamento da polícia – disse ele. – Adeus, ciência!

Seu comentário me tocou. Eu amava meu trabalho científico e sentiria imensamente sua falta se ficasse sem ele, mas Rissen era um pessimista por natureza, eu sabia. Eu via apenas a Escada à minha frente, e a primeira e única pergunta era se o caminho levava para o alto. O resto o tempo diria.

Uma hora mais tarde, chegava uma ordem do diretor do laboratório. Deveríamos reformular o nosso trabalho de acordo com a orientação dada pelo chefe de polícia. Na delegacia já estavam informados, devíamos destacar os nomes daqueles que queríamos que fossem detidos e, assim, aquelas pessoas seriam encaminhadas até nós em um prazo de 24 horas.

O primeiro a ser examinado foi um jovem que deixara o campo de jovens não havia muito tempo. Havia nele uma divertida mescla entre insegurança e arrogância diante da vida em sociedade, na qual ele ainda não se sentia totalmente à vontade. Sob o efeito da kallocaína, a sua autoconfiança expandiu-se de tal forma que nós, homens adultos, até achamos graça, e passamos a nos divertir com os seus desconexos planos para o futuro. Ao mesmo tempo, ele reconhecia sentir-se profundamente incomodado pelas pessoas à sua volta. Elas lhe queriam mal, afirmava. Eu mesmo havia sugerido que deixássemos nossas cobaias humanas falarem o que quisessem o máximo possível, já que no caso anterior fora um tanto dificultoso fazer perguntas, mas agora parecíamos estar em um estudo de psicologia juvenil, o que deixaria Karrek insatisfeito, de modo que passei a interrogar o jovem para saber se ele conhecia o preso anterior.

– Sim, somos colegas de trabalho.

– Vocês já se encontraram fora do trabalho?

– Sim, ele me convidou para uma reunião...

– No Distrito RQ? Na quarta-feira, há duas semanas?

O jovem começou a rir, parecendo ao mesmo tempo muito interessado.

– Sim, uma reunião bastante divertida, gostei deles. De alguma forma, gostei deles...

– Você pode nos contar do que se lembra?

– É claro. Estava tudo muito estranho. Cheguei lá e só vi pessoas que não conhecia. Não, na verdade isso nada tinha de estranho. Quando sacrificamos a nossa noite de folga para participar da vida em sociedade, costuma ser para discutir algo, algo relacionado ao nosso trabalho ou a outro assunto, uma festa planejada ou uma carta para as autoridades e tal, portanto é natural não conhecermos todos que participam de um evento. Mas não era nada do tipo! Nem se discutiu. Eles ficaram conversando sobre tudo e também ficaram em silêncio. Aquele silêncio me deixava de coração apertado. A propósito, como eles se cumprimentavam! Apertavam uns as mãos dos outros. É normal? Deve ser anti-higiênico, tão íntimo que dava vergonha. Tocar no corpo dos outros daquele jeito, deliberadamente! Eles disseram que era assim que se cumprimentava antigamente, que tinham redescoberto, mas ninguém precisava fazer dessa forma se não quisesse, não obrigavam a nada. No início, eu tinha medo deles. Nada é mais assustador do que ficar sentado em silêncio. Tinha a sensação de que as pessoas viam através de mim, como se estivesse nu, ou pior que nu. Espiritualmente nu. Especialmente quando há mais velhos por perto, porque eles aprenderam a examinar o outro por dentro; além disso, aprenderam a falar também, a falar da boca para fora e esconder o que pensam. Já me aconteceu, eu já consegui falar da boca para fora, ocultando os meus pensamentos. Depois a pessoa se sente feliz como se tivesse evitado o perigo, mas lá eu não consegui. Nenhum deles se deixaria enganar. Quando conversavam, falavam muito baixo, e parecia que não pensavam em mais nada ao mesmo tempo. Eu já penso que é melhor falar alto, para prender a atenção dos outros, pois enquanto se fala alto, é possível pensar em outra coisa. Mas eles eram tão estranhos... Mais para o final, comecei a apreciar o evento e passei a gostar deles. Era algo um tanto tranquilo.

Nada do que ele dissera era muito revelador. O jovem era obviamente um novato no movimento e ainda não fora iniciado nos segredos. Para ter certeza, perguntei:

– Você observou se havia um chefe no grupo? Algumas insígnias?

– Não, não que eu tenha visto. Ninguém tampouco mencionou algo a respeito.

– E o que eles fizeram? Falaram de algo que tinham feito ou iriam fazer?

– Não que eu saiba. Apesar de ter ido embora mais cedo, eu e mais alguns outros, que nem sequer tinham estado lá antes, creio. Depois não sei o que ficaram fazendo. Quando eu estava indo embora, alguém disse: "Quando nos encontrarmos lá fora, nos reconheceremos". Não sei como explicar isso, foi dito em um tom solene, e eu achei que os reconheceria, não exatamente aqueles que lá encontrei, mas qualquer um que fizesse parte *deles*. Havia algo de especial, não sei como descrever o que era. Quando entrei aqui na sala, sabia com certeza que *o senhor* não pertencia a eles (o jovem acenou com a cabeça em minha direção). Já quanto ao *senhor* (ele se referia a Rissen), não tenho tanta certeza. Talvez pertença a eles ou não. Sei apenas que me senti mais tranquilo com eles do que com outros. Eu não tinha a sensação tão clara de que eles quisessem o meu mal.

Olhei fixamente para Rissen. Ele parecia tão perplexo que achei provável que fosse inocente, o que no caso significaria nunca ter participado daquelas reuniões secretas como o jovem acabara de descrever. Mesmo assim, havia algo de verdadeiro naquela insinuação. Rissen também tinha tendências antissociais, certo parentesco com toupeiras cegas.

O rapaz despertou muito agitado, o que destoava das declarações inofensivas que havia feito. Pelo que pude entender, a sua agonia não se aplicava à reunião em si, mas às confissões pessoais que nós havíamos interrompido aos bocejos.

– Creio que devo desmentir uma boa parte do que disse – ele murmurou, parado no meio da sala. – Aquilo que disse sobre estar inseguro perante os outros não era verdade. Queria saber o que eles pensam de mim. Não quis dizer, necessariamente, que querem o meu mal. E tudo o que eu disse que queria ser e fazer não passa de fantasia da minha cabeça, sem uma gota de verdade. De resto, foi um exagero quando disse gostar mais de estar com aquelas pessoas estranhas do que com as normais. Sinto-me melhor entre as pessoas comuns, quando penso...

– Também estamos convencidos disso – disse Rissen amigavelmente. – No futuro você deve ficar na companhia das pessoas comuns. Suspeitamos fortemente de que esse grupo de que você fez parte é inimigo do Estado. Você ainda não foi de todo contaminado, mas tenha cuidado! Antes que você perceba, já estará nas garras deles.

O jovem parecia aterrorizado quando saiu e desapareceu.

Eu realmente não sabia que planos terríveis esperávamos revelar da reunião que aconteceu após terem mandado o rapaz e outros embora. Algum dos presos deveria ter participado da organização. Fizemos um interrogatório minucioso com os quatro detidos que ainda restavam, anotamos todos os detalhes do que nos contavam, mas demorou bastante até que conseguíssemos ter uma imagem clara sobre o grupo secreto. Muitas vezes nos entreolhamos e apenas sacudimos a cabeça com desaprovação. Estaríamos lidando com um bando de loucos? Eu nunca tinha ouvido falar de algo tão extraordinário.

Em primeiro lugar, estávamos tentando desvendar a própria organização, os nomes dos chefes, suas ramificações. Mas o tempo todo nos diziam que não havia nenhum chefe, e tampouco uma organização. As reuniões costumavam ser tão secretas que seus membros de grau mais baixo nem sabiam de seus segredos principais, tudo o que conheciam eram os nomes de dois ou três outros membros, tão insignificantes quanto eles próprios. Foi então que

100

concluímos que estávamos em contato com membros pouco importantes, o que não impedia que eles nos possibilitassem o acesso a outros níveis da organização que tivessem mais informações. Tínhamos somente de dar continuidade.

O que houve desde que os novatos foram embora do local da reunião? Era o que queríamos saber. Uma mulher nos fez uma descrição surpreendente.

– Apanha-se uma faca – disse ela. – Um de nós entrega a faca para outro, deita-se numa cama e finge-se estar dormindo.

– E depois?

– Depois nada mais acontece. Se alguém mais quiser participar e se houver lugar, também poderá fingir que está dormindo. Também é possível se sentar e apoiar a cabeça contra a cabeceira da cama, sobre a mesa ou em qualquer outra coisa.

Receio ter deixado escapar uma risada, pois a cena que eu imaginava era impagável. Alguém ficava sentado muito sério, segurando uma faca de mesa na mão (obviamente era uma faca de mesa, pois era mais fácil de conseguir, bastava esquecer-se de entregá-la com o prato do jantar), no meio de um grupo igualmente sério. Um deles deitava-se sobre a cama, com as mãos cruzadas sobre o abdome, fechando os olhos com força, tentando até mesmo roncar. Enquanto um após o outro apanhava um travesseiro, colocava-o nas proximidades, encostava a cabeça em um posição desconfortável e fingia dormir. Alguém às vezes ficava sentado na cama, estendia as pernas, apoiava a nuca contra a cabeceira, bocejava. Fora isso, silêncio mortal.

Nem mesmo Rissen conseguiu conter um sorriso.

– E qual o significado disso? – perguntei.

– Tem um significado simbólico. Através da faca, cada um entrega-se à violência do outro e, apesar disso, nada lhe acontece.

(Nada lhe acontece! Quando há gente em volta roncando acordada que, a qualquer momento, pode espiar com o olho esquerdo! Nada lhe acontece quando um dos seus convidados, devidamente registrado pelo porteiro, apanha a faca na mão, aquela que deixou de devolver após o jantar e que mal servia para cortar a carne assada, e fica ali escutando enquanto o outro ronca...)

– E para que serve tudo isso?

– Queremos invocar um novo espírito – respondeu a mulher, totalmente séria.

Rissen coçou o queixo, pensativo. Em palestras de história sobre o Estado eu ouvira, e Rissen provavelmente também ouvira, que os selvagens da Antiguidade costumavam praticar certos feitiços e executar determinadas magias a fim de invocar seres imaginários, os quais denominavam espíritos. Será que essas práticas ainda eram executadas nos dias atuais?

Da mesma mulher, recebemos certas insinuações sobre um homem completamente louco que desempenhava um determinado papel de herói em seus círculos. Não era preciso muito para ser considerado um herói por essa gente.

– Os senhores já ouviram falar de Reor? – ela perguntou. – Ele já não existe, viveu há uns cinquenta anos, em alguma das cidades de moinhos, como dizem uns, mas outros dizem que ele viveu em alguma das cidades têxteis. Imagine não ter ouvido falar de Reor. Eu gostaria de dar uma palestra sobre ele algum dia. É verdade, apenas os iniciados irão entender. Se quisermos falar de Reor, deveremos nos concentrar nos iniciados. Ele andava aqui e ali, naquele tempo era diferente quanto às licenças; alguns o recebiam com receio, pois achavam que ele pertencia à polícia, outros o perseguiam, achando que era um criminoso. Mas aqueles que o aceitavam... Não eram todos que o entendiam, alguns o achavam estranho, outros sentiam-se seguros e calmos junto a ele, como uma criança perto da mãe. Alguns o esqueceram, mas outros jamais. Falavam sobre ele tudo o que sabiam, mas apenas os iniciados compreendiam. Ele nunca fechava a sua porta, nunca se incomodou com testemunhas ou provas sobre o que tinha dito ou feito. Ele não se protegia de ladrões ou de assassinos, e acabou também sendo assassinado por alguém que achava que ele tinha um pão em sua despensa. Eram tempos de fome, mas ele não tinha nada. Já tinha comido o pão com outras pessoas que havia encontrado no caminho... mas o outro achara que ele tinha guardado. Então, o matou.

– E você afirma que ele era um grande homem? – perguntei.

– Ele era um grande homem. Reor era um grande homem. Era um de nós. Há pessoas ainda vivas que o viram.

Rissen olhou para mim de modo significativo, balançando a cabeça.

– A lógica mais ridícula que já vi em minha vida – disse eu. – Seremos como ele, que foi assassinado! Não estou entendendo nada dessa história.

– Você mencionou algo sobre iniciação – disse Rissen para a mulher, sem se preocupar comigo. – Como alguém se torna um iniciado?

– Não sei. Apenas acontece e pronto. Os outros percebem, os que também são iniciados.

– Então, qualquer um pode chegar e dizer-se iniciado? Deve haver algo, uma cerimônia, segredos, algo a ser dito?

– Não, não há nada disso. É algo que se percebe, como já disse. A pessoa torna-se iniciada ou não. Alguns nunca se tornam.

– E como se percebe isso?

– Percebe-se por tudo... aquilo com a faca e o sono se torna sagrado e óbvio para a pessoa... e muito mais...

Continuávamos sem entender nada.

Se a mulher era louca sozinha ou se todas aquelas outras pessoas compartilhavam da mesma loucura era algo difícil de saber. Só tínhamos certeza sobre os rituais mágicos com a faca e a simulação do sono, que foram confirmados pelos outros; por outro lado, não ficou esclarecido se ocorriam sempre ou eram ocasionais. Tampouco conseguimos encontrar algum rastro do mito de Reor em todos, apesar de haver em alguns. O que havia realmente em comum naquele grupo, além de todos se comportarem de maneira estranha?

Outra cobaia, também uma mulher, tinha alguns nomes para nos revelar. Achamos conveniente interrogá-la minuciosamente a respeito da organização. Suas respostas foram tão confusas quanto as dos outros.

– Organização? – disse ela. – Não estamos em busca de nenhuma organização. Aquilo que é orgânico não precisa ser organizado. Vocês constroem de fora para dentro, nós construímos de dentro para fora. Vocês constroem usando a si mesmos como pedras, e por essa razão acabam desmoronando por dentro e por fora. Nós construímos de dentro para fora como as árvores, e entre nós crescem pontes que não são feitas de matéria morta nem de força morta. Em nós aflora tudo o que é vivo, em vocês afunda o inanimado.

Para mim aquilo tudo não passava de um jogo de palavras sem sentido e mesmo assim fiquei impressionado. Talvez devido à intensidade profunda de sua voz, que me fez estremecer. Não é impossível que tenha feito lembrar-me de Linda, que também tinha um tom de voz intenso, especialmente em certas ocasiões, quando não estava tão cansada; e eu precisava imaginar como seria se fosse Linda quem estivesse ali no lugar daquela mulher, falando comigo em seu tom de voz penetrante. De qualquer forma, aquilo permaneceu guardado em minha memória por um bom tempo, e eu repeti as palavras para mim mesmo, pois achava que soavam belas, mesmo não fazendo sentido. Muito mais tarde, comecei a ver um significado nelas. De todo modo, elas já tinham mexido comigo, e passei a compreender a que eles se referiam quando diziam "nós", ou que se reconheciam, que podiam ter um grupo de iniciados sem organização, sem sinais aparentes e também sem maiores ensinamentos ou doutrinas.

Assim que ela foi liberada, eu disse a Rissen:

– Acho que compreendi um pouco. Talvez tenhamos entendido mal aquilo sobre o "espírito". Pode se tratar também de uma disposição interior ou uma filosofia de vida. Ou acha que é uma interpretação sutil demais para que possa ser utilizada por um bando de loucos?

Quando ele olhou para mim, fiquei com medo. Percebi que me entendera perfeitamente, mas havia algo mais ali. Compreendi que ele também se sentia afetado pela essência quente e intensa da mulher. Percebi que ele era ainda mais vulnerável do que eu. E percebi que seu olhar e seu silêncio levavam-me em uma única direção, para a qual toda a minha devoção, todo o meu senso de honra me proibiam de seguir. De alguma forma, ele se encontrava preso às amarras daqueles loucos, e até eu mesmo havia sentido, ainda que momentaneamente, aquela adorável e poderosa atração.

Aquele primeiro rapaz não tinha dito que Rissen poderia ser um dos membros da organização dos loucos, daquela seita secreta? Eu não havia sempre desconfiado de que Rissen era uma ameaça e um perigo? De agora em diante eu sabia que éramos inimigos de verdade.

Só havia nos restado um dos detidos, um idoso com uma aparência inteligente que me botou medo assim que o vi. Ninguém sabia se ele teria o mesmo poder sugestivo que a mulher antes dele, e eu esperava que fizesse grandes revelações. Ele, mais do que ninguém, deveria saber algo importante sobre a organização, e, se tivéssemos sorte, poderíamos encontrar provas que condenassem aquela seita de loucos, o que seria um grande alívio e a salvação para mim e para muitos outros. Assim que ele foi conduzido para a sala e acomodado na cadeira, o interfone tocou, convocando a mim e a Rissen para uma conversa com Muili, o diretor do laboratório.

O ESCRITÓRIO DE MUILI NÃO SE LOCALIZAVA NO mesmo prédio que o nosso laboratório, mas não era necessário ir à superfície para chegar lá. Bastava descer três escadarias para que chegássemos diretamente no prédio, onde ficava o escritório do laboratório e onde era preciso mostrar a identidade para que uma secretária, por interfone, confirmasse que estavam à espera; depois, podia-se seguir adiante. Vinte e cinco minutos mais tarde já estávamos na presença de Muili, um homem grisalho, muito magro e de aparência doentia. Ele mal nos olhou. Sua voz era baixa, como se mal aguentasse falar, mas mesmo assim havia ali um tom de liderança. Aquele homem não estava habituado a ouvir mais ninguém, a não ser que se tratasse de respostas às suas perguntas.

– Camaradas soldados Edo Rissen e Leo Kall – disse ele. – Os senhores foram convocados para outra área. O trabalho que vêm fazendo deve ser encerrado. Dentro de uma hora, um policial os estará esperando para conduzi-los ao local de partida. Tudo já foi arranjado quanto às suas licenças temporárias do serviço militar e policial. Entendido?

– Sim, meu chefe – respondemos eu e Rissen em uníssono.

Em silêncio, retornamos ao laboratório para deixar tudo arrumado, tomar um banho e vestir os uniformes de passeio. Cada um tinha uma pequena caixa para viagem e outra com os utensílios para a aplicação da kallocaína, como Karrek ordenara. Na hora marcada, dois policiais calados foram nos buscar e nos acompanharam até o metrô para o nosso destino.

A minha admiração por Karrek aumentou mais ainda. Fora um jogo rápido! Menos de um dia havia se passado desde que ele nos deixara no laboratório e já conseguira pôr em prática o que pretendia. O homem tinha poder, e não somente na Cidade Química nº 4.

Quando entramos no metrô, descobrimos que nosso destino era um hangar. Um tremor de alegria aventuresca atravessou meu corpo. Será que iríamos muito longe? Até a capital? Eu, que nunca estivera fora da Cidade Química nº 4, fui acometido pela mais selvagem excitação.

Junto com uma grande quantidade de passageiros, embarcamos no bem iluminado avião. Os policiais trancaram a porta, e pelo ruído do motor percebi que estávamos levantando voo. Apanhei o último número da *Revista Química* da minha caixa, e Rissen fez o mesmo, mas percebi que ele recostava-se na poltrona, pensando livremente em vez de se concentrar nos artigos da revista. Eu fazia o mesmo, mas tentava acalmar a minha curiosidade quando parecia muito ansiosa. Nos filmes eu havia visto campos amarelos, prados verdes, florestas, pasto para rebanhos e até mesmo fotos aéreas, portanto não tinha motivos para tanta curiosidade, mas mesmo assim lutava contra um desejo ridiculamente infantil de que o avião tivesse ao menos algum tipo de abertura para que, em segredo, eu pudesse olhar para o lado de fora. Não que eu quisesse espionar, era uma curiosidade infantil apenas. Eu sabia que essa minha tendência era perigosa. Na realidade, eu nunca teria chegado tão longe no âmbito da ciência se não fosse certa curiosidade que me levara a mergulhar nos mistérios da matéria – por outro lado, era uma qualidade tão boa quanto má, pois podia atrair perigo e criminalidade. Eu gostaria de saber se Rissen também lutava contra as mesmas tendências e desejos que eu, se é que realmente lutava! Ele não era o tipo de pessoa que luta; ele, com toda a sua falta de disciplina. Eu tinha a impressão de que ele estava apenas sentado ali, sem luta ou vergonha alguma, desejando que o avião fosse feito de vidro... Eu tinha certeza de que ele era assim. Se eu pudesse usar a kallocaína para a minha própria diversão...

Eu havia adormecido quando senti um leve toque no braço. Era o comissário de bordo servindo o jantar. Vi no meu relógio que já havíamos voado por cinco horas, mas ainda estávamos distantes de nosso destino, visto que não puderam esperar até a chegada para servir a comida. Eu tinha calculado certo, ainda faltavam três horas de viagem. Se eu não soubesse apenas quanto tempo a viagem levava, mas também a velocidade do avião, poderia calcular a distância entre a Cidade Química nº 4 e o lugar para onde estávamos sendo levados. Obviamente a velocidade do avião era mantida em segredo para que nenhum espião pudesse determinar a localização geográfica. O que se sabia era somente que a velocidade era alta e a distância, longa. A direção para onde estávamos indo era-nos desconhecida; o fato de que estava fresco e até um pouco frio, comparando-se com a Cidade Química, nada significava além de que estávamos voando muito alto.

Assim que aterrissamos e o motor foi desligado, a porta foi destrancada por uma pequena tropa de polícia, que depois se dividiu para tomar conta dos diferentes passageiros. (Provavelmente estavam todos lá para tratar de assuntos importantes, eram aguardados e talvez tivessem sido convocados, assim como nós.) Rissen e eu fomos conduzidos para o metrô policial e militar, onde um vagão de alta velocidade nos levou até uma estação chamada Palácio da Polícia. Desconfiamos de que estivéssemos agora na capital. Através de um portão subterrâneo, levaram-nos até uma antessala onde revistaram a nós e a nossa bagagem; depois, fomos para pequenas cabines simples, mas bem equipadas, onde iríamos dormir.

NO CAFÉ DA MANHÃ NO DIA SEGUINTE, FOMOS LEVA-
dos para um dos refeitórios. Não éramos os únicos hós-
pedes do Palácio da Polícia, pois no grande salão já havia
aproximadamente uns setenta camaradas soldados de
ambos os sexos, adultos de todas as idades, ao redor da
mesa do bufê. Alguém acenou na nossa direção. Era Karrek em pessoa, que se sentara entre um grupo de estranhos com o seu mingau de milho. Mesmo sendo de uma
hierarquia muito superior à nossa, ficamos satisfeitos em
ver o seu rosto conhecido e saber que ele nada tinha contra
a nossa companhia.

– Solicitei uma audiência para nós três com o ministro da Polícia – disse ele. – Creio que será concedida em
breve. Vocês devem buscar os seus equipamentos o mais
rápido possível.

Naturalmente, tomei o café da manhã apressado e
saí correndo em busca dos equipamentos para o uso da

kallocaína, o que se mostrou mais tarde uma pressa desnecessária. Em seguida fomos os três conduzidos até a sala de espera do ministro da Polícia e aguardamos por uma hora até que a porta da sala interna fosse aberta. Já havia lá três outras pessoas esperando, portanto concluí que seria demorado.

Entretanto, nós fomos os primeiros a ser chamados. Um pequeno e eficiente funcionário abriu a porta, foi até Karrek e cochichou algo no seu ouvido. Karrek apontou para mim e para Rissen, e fomos todos para outra sala de espera, onde nos revistaram novamente. A segurança local era mais rigorosa do que na Cidade Química, naturalmente porque as vidas aqui eram mais valiosas do que em outras partes do Estado Mundial. Tanto na sala de espera como na antessala – assim como no escritório do ministro da Polícia –, os guardas vigiavam tudo de armas em punho. Agora, finalmente, estávamos frente a frente com o poderoso.

Uma figura corpulenta girou em uma cadeira e nos cumprimentou, levantando as sobrancelhas espessas. Parecia bastante satisfeito diante da presença de Karrek. Eu reconheci perfeitamente o ministro da Polícia, Tuareg, do nosso *Álbum de fotografias do camarada soldado*. Ele tinha olhos pequenos e negros como os de um urso, mandíbula bem marcada, lábios carnudos, e impressionou-me de uma maneira como eu jamais esperava. Talvez fosse a sensação de estar diante do poder concentrado que me fazia estremecer. Tuareg era o cérebro por trás de milhões de olhos e ouvidos que viam e ouviam as atividades e conversas mais íntimas dos camaradas soldados, dia e noite. Ele era a vontade por trás de milhares de braços que protegiam e cuidavam da segurança interna do Estado; também estava por trás dos meus braços naquelas noites em que eu me dedicava ao serviço policial. Mesmo assim, estremeci, como se não fosse a minha vontade estar ali cara a cara com ele, como se eu fosse um dos criminosos que ele procurava. Eu sabia que não havia feito nada de errado! De onde vinha esse infeliz questionamento dentro do meu ser? A resposta era clara, originara-se de uma falsa ideia sugerida que podia ser expressa com as seguintes palavras: "Nenhum camarada soldado acima dos 40 anos tem a consciência limpa". E quem pronunciara essas palavras fora Rissen.

– Então, temos aqui os nossos novos aliados – disse o ministro da Polícia para Karrek. – Vocês estariam preparados para fazer alguns pequenos experimentos dentro de duas horas? No terceiro andar há uma sala pronta para servir de laboratório, algo primitivo talvez, mas creio que há tudo de que precisam. Se algo lhes faltar, basta avisar os funcionários. Quanto às cobaias humanas, já temos algumas à disposição.

Declaramos estar preparados e empolgados. A audiência havia terminado e fomos levados por outro caminho até chegarmos ao laboratório provisório que Tuareg mencionara. O local estava bem equipado, desde que não pretendêssemos fabricar kallocaína em grande escala.

Karrek nos acompanhara. Sentou-se na ponta da mesa em uma postura bastante relaxada, que em outra pessoa pareceria demonstração de preguiça e desleixo.

– Então, caros camaradas soldados – disse ele depois que examinamos as possibilidades do local de trabalho –, o que foi revelado daquela reunião secreta na Cidade Química nº 4?

Rissen era o chefe e tinha o direito e o dever de responder primeiro, o que ele fez depois de um longo momento de silêncio.

– Da minha parte – disse ele –, não penso que tenhamos descoberto algo diretamente criminoso. Todos me parecem levemente desequilibrados, mas não criminosos. Até agora pelos menos – ele prosseguiu depois de uma pausa –, não encontramos nenhum ato contrário à lei, nenhum pensamento que lhes tenha ocupado tanto a mente para que fosse revelado sob o efeito da kallocaína. Eu não considero aquele homem que deixou de delatar a sua esposa por traição ao Estado porque, como o senhor sabe, meu chefe, combinamos de deixar a compaixão passar à frente da justiça, pois trata-se do recrutamento voluntário de cobaias humanas. No que diz respeito àquelas pessoas, eu as chamaria de membros de uma seita de loucos, porém sem associações políticas. Talvez nem possamos dizer que se trata de uma seita. Eles não possuem nenhuma organização nem chefes, pelo que entendi, nenhuma lista de membros, nenhum nome e, portanto, dificilmente infringem a lei contra associações fora do controle do Estado.

– O senhor é um grande formalista, camarada soldado Rissen – disse Karrek ironicamente. – O senhor fala de "infringir a lei" e "regulamentos" como se a tinta impressa fosse um obstáculo insuperável. Na verdade, não é isso o que o senhor realmente acha, não é?

– As leis e os regulamentos foram feitos para a nossa proteção... – contestou Rissen com amargura.

– Para a proteção *de quem*? – contestou Karrek. – Não para a do Estado pelo menos. O Estado tem utilidade melhor para mentes abertas que, se for o caso, não darão importância para a palavra impressa...

Rissen calou-se contra a sua vontade, revidando em seguida:

– De qualquer forma, eles parecem ser inofensivos ao Estado. Podemos tranquilamente libertar os detidos e deixá-los todos entregues aos seus destinos. A polícia já terá muito o que fazer com assassinos, ladrões, traidores...

A minha vez havia chegado, estava consciente disso. Precisava fazer o meu primeiro ataque sério a Rissen.

– Meu chefe Karrek – disse eu lenta e articuladamente. – Permita-me fazer algumas considerações, apesar de eu ser um subordinado. Na minha opinião, essa associação misteriosa nada tem de inofensiva.

– Estou também interessado em ouvir o que o senhor tem a dizer – disse Karrek. – O senhor acha que se trata de uma associação comum?

– Deixo as formalidades para mais adiante. O que queria dizer é que todas aquelas pessoas, sozinhas ou associadas, constituem um perigo ao Estado. Em primeiro lugar, gostaria de fazer uma pergunta: o senhor acha que o Estado Mundial estaria precisando de uma nova atitude ou filosofia de vida completamente distinta da atual? Não me entenda mal, tenho plena consciência de que o povo daqui ou dali deveria ser motivado a um maior senso de responsabilidade e maiores esforços, mas uma nova filosofia de vida? Não seria um insulto ao Estado Mundial e aos camaradas soldados? Era exatamente este o conteúdo que os prisioneiros relataram: "Queremos invocar um novo espírito". Primeiro, levamos a expressão como algo supersticioso, o que já seria mau, mas era de fato ainda pior.

– O senhor está exagerando – disse Karrek. – A minha experiência ensinou-me que, quanto mais abstrato algo é, menos perigosas serão as suas consequências. Conceitos generalizados podem ser usados à nossa vontade, às vezes em um sentido e em outras no sentido oposto.

– Mas uma filosofia de vida não é algo abstrato – contestei veementemente. – Eu diria, com certeza, que é a única coisa que não é abstrata. E a filosofia de vida daqueles loucos é nociva ao Estado. Isso fica evidente com a lenda sobre aquele Reor, que parecia ser mais insano do que os outros e, por essa razão, tornou-se o herói deles. A indulgência com transgressores, a negligência com a própria segurança (somos instrumentos valiosos e onerosos, não nos esqueçamos disso!), vínculos emocionais mais fortes do que com o Estado, é para lá que eles querem nos levar! À primeira vista, os seus rituais revelam-se ser pura bobagem. Examinando-os de mais perto, entretanto, acabam sendo terrivelmente desagradáveis. São imagens de uma confiança exagerada entre as pessoas, ou melhor, entre determinadas pessoas. Apenas isso já considero uma subversão. O mais crédulo deles acaba, mais cedo ou mais tarde, como seu herói Reor: assassinado. *Não seria esse o fundamento do Estado?* Se houvesse base e motivo para a confiança entre as pessoas, nunca teríamos a formação de um Estado. A essência sagrada e necessária para a existência do Estado é a desconfiança mútua que nutrimos um pelo outro. Aquele que suspeita desse fundamento rejeita a existência do Estado.

– Ora – disse Rissen com irritação na voz –, o senhor está esquecendo que o Estado deveria existir de qualquer modo, como centro econômico e cultural...

– Não, não estou esquecendo – respondi. – E não creia de jeito nenhum que estou partindo de alguma espécie de visão civilista de que o Estado existiria por nossa causa em vez de existirmos em razão do Estado, que é a realidade. Quero dizer somente que o núcleo da relação das células privadas com o organismo estatal encontra-se na busca de segurança. Se um dia percebermos – não digo que já o fizemos, mas *se* percebêssemos – que a nossa sopa de ervilha ficou mais rala, que o nosso sabão é imprestável, que as nossas moradias estão em ruínas, sem que alguém se preocupe com isso, iríamos então protestar? Não, pois sabemos que o bem-estar não é gratuito, que os nossos sacrifícios servem a propósitos maiores. Se descobrimos cercas de arame farpado barrando os nossos caminhos, não ficamos resignados, sem reclamar dessas limitações de liberdade? Sim, pois também sabemos que isso serve para a proteção do Estado, para prevenir prejuízos. Se um dia chegássemos à conclusão de que todos os passatempos e o lazer devem ser sacrificados em prol do treinamento militar, de que a nossa educação não passa de luxo e conhecimentos supérfluos, devendo ser eliminada para dar lugar a uma indispensável formação de trabalho especializado nos setores industriais, teríamos então motivos para protestar? Não, não e não. Sabemos e aceitamos que o Estado é tudo, e o indivíduo é nada. Reconhecemos e aceitamos que grande parte da chamada "cultura", com exceção dos conhecimentos técnicos, sempre será um luxo dos tempos em que nenhum perigo ameaçava o Estado (tempos que talvez nunca mais retornem). O que ainda nos resta é a subsistência e a organização militar e policial, cada vez mais desenvolvida. Esse é o núcleo da vida do Estado. Tudo o mais é irrelevante.

Rissen estava calado, sombrio e pensativo. Ele tinha dificuldade em contradizer a minha nada original argumentação, mas eu sabia que a sua alma civilista revoltava-se de cólera e apreciava isso.

Karrek levantara-se da cadeira e andava de um lado a outro da sala. Eu tinha a impressão de que ele não escutara atentamente os meus argumentos, e isso me ofendia. Assim que terminei de falar, ele disse com certa impaciência:

– Sim, sim, muito bem. O fato é que até hoje, pelo que sei, jamais tivemos alguma luta contra "espíritos". Deixamos que eles assombrassem as esferas imaginárias às quais pertencem. Quando as pessoas passam a cochichar entre si nas mesas dos refeitórios ou deixam de ir às festas oficiais, isso sim é alvo de uma observação mais objetiva, mas "espíritos", não, muito obrigado...

– Nunca tivemos meios para fazer esse tipo de controle anteriormente – eu disse. – A kallocaína nos dá a possibilidade de controlar tudo o que se passa nas mentes.

Nem mesmo agora ele parecia ouvir os meus argumentos.

– Qualquer um poderia ser condenado por isso – disse ele com irritação na voz.

Karrek parou subitamente, parecendo nervoso depois de ter analisado melhor as próprias palavras.

– Qualquer um poderia ser condenado por isso – ele repetiu, mas muito lentamente e em voz baixa e suave. – Talvez o senhor não esteja tão errado, em todo caso, pois na verdade... na verdade...

– Mas, como o senhor mesmo disse, meu chefe – exclamou Rissen, assustado –, qualquer um poderia...

Karrek não escutou as palavras de Rissen. Tinha voltado a andar, dando longas passadas, com a sua cabeça singularmente mongólica e os seus olhos arregalados.

Eu realmente queria ajudar, então contei a ele, um tanto envergonhado, sobre a advertência que recebera do Sétimo Departamento do Ministério da Propaganda. Aquilo despertou, finalmente, a sua atenção.

– O Sétimo Departamento do Ministério da Propaganda? – perguntou ele, concentrado. – Interessante, muito interessante.

Um longo tempo se passou, enquanto se ouvia apenas o ruído do ranger dos seus sapatos, além do distante barulho do metrô e o burburinho de vozes das salas vizinhas. Finalmente, ele apoiou-se com a mão na parede, fechando os olhos e dizendo lentamente, como se pesasse cada palavra:

– Deixem-me falar francamente. Está sob nosso poder institucionalizar uma lei sobre crimes de pensamento, desde que tenhamos apoio suficiente do Sétimo Departamento.

Eu achava que em mim não havia espaço para algo além da obediência, mas é provável que tenha sido contagiado em parte pelos sonhos de grandeza de Karrek, por planos e visões que eu desconhecia. Prendi a respiração enquanto ele continuava:

– Pretendo enviar um de vocês, o que falar melhor e de modo mais convincente, até o Sétimo Departamento. Eu não posso ir pessoalmente, devido a certas razões... O senhor, camarada soldado Kall, saberia como explanar bem o assunto? Acho melhor perguntar ao seu chefe. Ele teria condições de cumprir essa missão?

Depois de um breve momento de hesitação, Rissen respondeu a contragosto:

– Sim, e com grande competência.

Foi a primeira vez que vi em Rissen uma má vontade tão evidente.

– Deixe-me falar em particular com o camarada soldado Kall.

Fomos para a minha cabine. Descaradamente, Karrek cobriu o ouvido-da-polícia com um travesseiro e, como eu parecia surpreso, ele disse rindo:

– Sou, em todo caso, um chefe de polícia, e se, contra todas as expectativas, isso for descoberto, ficarei sabendo o que Tuareg pensa...

Eu não conseguia deixar de admirar a sua ousadia, mas preocupava-me um pouco por ele estar sempre se guiando pela sua ambição pessoal, deixando os princípios coletivos de lado.

– Então – disse ele. – O senhor deve inventar algum assunto a ser tratado com Lavris, no Sétimo Departamento. Sugiro que comece falando sobre aquela advertência, fazendo algum tipo de associação com a sua invenção. Em seguida poderá casualmente – preste atenção: casualmente, já que a legislação não é tarefa do Sétimo Departamento – mencionar o significado que a sua descoberta teria com a nossa nova lei... Quero deixar-lhe claro: Lavris tem influência sobre o ministro da Justiça, Tatjo...

– Não seria mais prático falar diretamente com o ministro da Justiça?

– Muito pelo contrário. Mesmo que o senhor tivesse uma questão definida, uma questão consistente e relevante em relação a esse projeto de lei, levaria semanas até conseguir uma audiência com ele, e não podemos dispensá-lo por tanto tempo da Cidade Química nº 4. Se o senhor tiver somente um projeto de lei, o mais provável é que não seja recebido. Perguntariam: quem é você, que ousa sugerir leis? O indivíduo obedece às leis, mas não as elabora. Agora, se Lavris recebe o assunto em mãos... Mas é necessário que ela se interesse. O senhor acha que consegue fazer isso?

– O pior que pode acontecer é o fracasso. Não me exponho a perigo algum.

No fundo do meu ser, eu estava convencido de que teria sucesso, era em uma missão como essa que eu poderia mostrar toda a minha habilidade. Karrek devia ter vislumbrado isso em mim quando me examinou com o seu olhar penetrante.

– Vá, então. A licença estará aqui amanhã, bem como as recomendações que vou providenciar. Agora o senhor tem permissão para voltar ao trabalho.

TIVEMOS DE AGUARDAR TUAREG. QUANDO SE ESTÁ habituado a ter todo o seu tempo ocupado, cada minuto, dia e noite, é um sofrimento ter de ficar à toa, mas tudo tem a sua compensação, até mesmo o que há de pior. Finalmente conseguimos nos encontrar com o ministro da Polícia e tivemos a oportunidade de mostrar a ele a utilidade da kallocaína. Nunca imaginei que precisaria controlar-me tanto para não deixar as minhas mãos tremerem enquanto eu arregaçava as mangas da camisa de um transgressor barbudo, depois de ele ter sido acomodado na cadeira à minha frente. Os pequenos olhos de urso de Tuareg penetravam na minha nuca de tal maneira que eu quase me sentia sob a mira da minha seringa. De qualquer forma, tudo transcorreu sem maiores imprevistos. Entre uma sequência de indecências, que fez o ministro da Polícia ensaiar um sorriso na boca carnuda, descontraindo um pouco o ambiente, o examinado acabou por confessar, sem omitir detalhes, não somente o arrombamento de que era acusado e que até então não ficara comprovado, mas também uma série de outros crimes que cometera sozinho ou na companhia de outros transgressores. Todos os nomes e circunstâncias foram confessados por ele sem que se abalasse. As narinas de Tuareg expandiram-se de prazer.

Continuamos com os outros. Rissen e eu nos revezávamos na aplicação da droga, o próprio secretário do ministro escrevia o protocolo e, para nos testarem mais uma vez, tinham infiltrado um ou outro camarada soldado inocente entre os suspeitos. Eram inocentes no sentido de não terem agido de forma criminosa, o que deixava o ministro da Polícia muito satisfeito. Assim que terminamos de testar o total de seis pessoas em pouquíssimo tempo, Tuareg levantou-se e explicou que estava completamente convencido do sucesso do medicamento. A kallocaína, em breve, poderia substituir todos os demais métodos de investigação em todo o Estado Mundial, ele afirmara. Ficamos sabendo que ele queria alguns dias para instruirmos alguns especialistas da capital, além de definir que, uma vez que tivéssemos voltado para casa, a nossa tarefa seria ensinar outras pessoas de todas as partes do Estado a aplicar as injeções, e que aumentaríamos a fabricação da kallocaína para grande escala nas cidades químicas. Ele foi embora bastante bem-humorado e, em seguida, recebemos umas vinte pessoas que deveríamos instruir. As cobaias formaram uma longa fila do lado de fora e ali aguardavam; todas eram transgressores trazidos diretamente das prisões.

No dia seguinte, fui chamado ao escritório de Karrek e tive de deixar o trabalho sob a responsabilidade total de Rissen. Karrek entregou-me em mãos uma pilha de papéis que consistiam em licenças, recomendações e identificações de diversos tipos.

Esqueci-me de contar que a solicitação para uma nova campanha de recrutamento para o Serviço Voluntário de Cobaias Humanas, que eu havia divulgado nas diversas instituições na Cidade Química, tinha atingido o número de assinaturas necessárias em poucos dias. Eu levava comigo todos os documentos assinados para entregar pessoalmente ao Ministério da Propaganda. Por via das dúvidas, perguntei a Karrek como deveria agir, e ele me deu diversos conselhos úteis. Minhas extraordinárias recomendações também seriam suficientes para o Terceiro Departamento, que se encarregaria da campanha. Peguei o metrô e desci em frente ao magnífico portal subterrâneo do Ministério da Propaganda.

Logo pela manhã, fui acometido por um crescente mal-estar, e o médico dos funcionários do Ministério da Polícia aplicou-me uma série de medicamentos, fazendo-me sentir um tanto estranho. Era provavelmente por essa razão que eu estava inexplicavelmente agitado quando requisitei uma audiência com Lavris, a chefe do Sétimo Departamento. Na verdade, como aquele era um pedido mais de Karrek que meu, as minhas chances de conseguir falar diretamente com Lavris aumentavam, e ele parecia especialmente interessado na aprovação dessa nova lei, por motivos que eu desconhecia. Em minha exaltação, eu havia percebido que não agia em benefício de Karrek e tampouco em meu próprio, era somente uma etapa para o desenvolvimento grandioso do Estado, talvez um dos últimos degraus antes que a plenitude fosse alcançada. Eu, uma célula insignificante no grande organismo estatal, bastante intoxicado, mesmo que temporariamente, por uma grande quantidade de drogas e compostos, estava a caminho de concluir um trabalho que libertaria o corpo do Estado de todos aqueles venenos injetados pelos transgressores da ideologia. Finalmente, depois de ter passado pelas formalidades de rotina, como a revista corporal e a espera, levantei-me para ser recebido no escritório de Lavris. Sentia como se estivesse indo para o meu banho de purificação, de onde voltaria tranquilo e livre de todo e qualquer traço antissocial que eu não reconhecia nem queria conhecer, mas que ficava à minha espreita em nichos sombrios e que eu sintetizava em um único nome: Rissen.

Nada no escritório de Lavris se diferenciava de outros milhares de salas de trabalho, a não ser pelos guardas armados com pistolas, dispostos como no escritório do ministro da Polícia, comprovando que ali trabalhava um dos raros e valiosos instrumentos do Estado. Respirei fundo e senti as minhas têmporas latejarem. A mulher alta, de pescoço delgado, sentada à escrivaninha, com a pele da boca e das maçãs do rosto tensa em um eterno sorriso irônico, era Kalipso Lavris.

Embora não tivesse uma idade indefinida, tampouco uma postura ereta como uma estátua de algum deus antigo, em meu estado febril ela não me pareceu totalmente humana. Nem mesmo uma enorme espinha que apontara ao lado esquerdo de seu nariz e estava em estado maduro poderia torná-la menor aos meus olhos. Não seria ela a mais alta instância ética do Estado Mundial, ou pelo menos a força principal da mais alta instância ética, que era o Sétimo Departamento do Ministério da Propaganda? Em sua expressão facial não transparecia nenhum sentimento pessoal como em Tuareg. Sua imobilidade não comportava arrebatamentos ocultos como em Karrek. Para mim, ela era a própria lógica cristalizada, purificada de todas as circunstâncias do individualismo. Podia ser um delírio febril, mas na minha opinião abrangia tudo o que dizia respeito à imagem de Lavris.

Eu já sabia de partida que a menção a uma nova legislação não deveria ser feita abertamente, pois o Sétimo

Departamento, oficialmente, não era responsável por esse tipo de assunto. Os guardas, com as pistolas em punho, deixavam isso ainda mais claro para mim, mesmo sem me incomodar. Minha missão era indispensável para que nem eu e tampouco o Estado fracassássemos.

Eu mal sei como consegui tocar no assunto da minha antiga advertência. Enquanto eles apanhavam o meu cartão secreto de polícia, tive de ficar aguardando em outra sala de espera, por cerca de duas horas, creio. Devemos aprender, pensei, devemos aprender a esperar. E o tempo passou. Ainda devo dizer que o cartão foi rapidamente expedido, considerando-se o tamanho que deve ter um fichário daqueles, que abrange todos os camaradas soldados do Estado Mundial. Apesar de eu nunca ter visto aquele lugar, podia realmente imaginar que deveria levar no mínimo uma hora para chegar-se às salas onde estão os fichários. Porém, tudo deve ser minuciosamente sistematizado, para que não seja necessário ficar procurando por muito tempo quando a pessoa já se encontra ali; depois, ainda há o mesmo caminho a fazer de volta. Considerando que o fichário não se encontra no Ministério da Propaganda, e sim junto à polícia, pode-se até mesmo se dar por satisfeito que a espera leve apenas duas horas.

Quando fui chamado para entrar novamente, Lavris estava lendo o meu cartão, que de "cartão" leva apenas o nome, pois mais se parecia com um pequeno livro encadernado. Ao lado havia um maço de papéis, que provavelmente se tratava da fundamentação e da decisão quanto à minha advertência. Era compreensível que ela já tivesse se esquecido do caso, pois o Sétimo Departamento recebia denúncias e inquéritos de todo o Estado Mundial.

– Pois bem – disse Lavris em seu tom de voz monótono e alto –, temos aqui o seu caso. O seu cartão policial diz que o senhor já encaminhou o pedido de desculpas para a rádio, mas ainda não teve a oportunidade de pronunciá-lo. O que o senhor realmente pretende?

– Fixei-me nas palavras: *a denúncia dos primeiros* – os relutantes – *é um ato louvável para o melhor do Estado* – disse eu. – Até mesmo descobri uma droga que torna possível desmascará-los de maneira mais minuciosa e sistemática do que anteriormente.

Comecei a contar sobre a kallocaína da maneira mais fascinante que podia.

– Agora, devemos apenas aguardar a legislação que vai mais fundo do que qualquer outra que a história já conheceu: a legislação contra pensamentos e ideias subversivas. Talvez demore um pouco, mas se concretizará.

Ela pareceu não reagir à proposta. Decidi experimentar o mesmo tipo de discurso que usara com Karrek.

– Qualquer um pode ser condenado pela lei – eu disse, fazendo uma longa pausa. – Quero dizer, qualquer um que não seja leal em seu âmago.

Lavris ficou quieta e pensativa. Sua pele pareceu repuxar-se um pouco mais sobre as maçãs do rosto e, de repente, ela estendeu a mão comprida e bela, apanhando delicadamente um lápis entre o polegar e o indicador, pressionando-o lentamente até as juntas dos dedos empalidecerem. Sem soltar o lápis, olhou para mim e perguntou:

– Era esse o assunto que o trouxe aqui, camarada soldado?

– Sim, era esse o assunto – respondi. – Queria despertar a atenção do Sétimo Departamento para uma descoberta que possibilita revelar a relutância íntima e condenável de cada um, mesmo que isso ainda não tenha se tornado um crime perante a lei. Se eu tomei o tempo do departamento em vão, peço desculpas.

– O Sétimo Departamento agradece a sua boa intenção – respondeu ela na sua frieza impenetrável.

Eu me despedi e saí de lá com a cabeça cheia de dúvidas e ardendo em febre.

Assim que entrei no Terceiro Departamento, ainda cambaleando, com as minhas listas de nomes, o relógio anunciou o final do expediente de trabalho, e quase fui atropelado pelos funcionários que saíam às pressas. Um idoso amargurado ainda estava terminando de fazer as contas, e não tive alternativa senão falar com ele. Ele enrugou o nariz, controlou a cara mal-humorada diante das minhas recomendações, examinou as listas e disse:

– O senhor está dizendo 1.200 nomes? Todos de cientistas reconhecidos? Pena que o senhor tenha vindo tão tarde. O seu pedido já foi atendido antes mesmo de o senhor ter tido tempo de fazê-lo. Nada menos que outras sete cidades químicas fizeram o mesmo pedido, algumas há oito meses. Uma campanha desse porte já vem sendo preparada.

– Nada poderia deixar-me mais satisfeito – disse eu um tanto decepcionado por não participar dessa valorosa atividade.

– O senhor nada tem a fazer aqui – disse o homem, debruçando-se sobre os seus cálculos.

– Não seria possível eu contribuir de alguma forma? – perguntei, tomado de uma coragem atiçada pela febre. – Já que sou tão interessado no assunto, por que não poderia participar dos preparativos? Tenho uma grande quantidade de recomendações, olhe aqui e aqui e aqui...

Ele olhou rapidamente para os meus papéis e para os seus cálculos mais uma vez. Soltando um suspiro, fixou os olhos no último dos funcionários que saía do departamento. Ele não tinha coragem de mandar-me embora. Finalmente decidiu tomar o caminho mais prático, que não o faria perder tempo.

– Vou dar-lhe um certificado – disse ele, escrevendo algumas linhas em uma máquina e carimbando com o selo do Terceiro Departamento. Em seguida, assinou e entregou-me o papel. – Palácio de Estúdios Cinematográficos, às oito horas da noite – anunciou. – Não sei o que pretendem fazer, mas sempre há alguma coisa. Vai funcionar. Ninguém sabe quem sou, mas o carimbo eles reconhecem. Satisfeito agora? Só espero não ter feito nenhuma tolice...

TENHO QUASE CERTEZA DE QUE FORA UMA TOLICE, pois apenas alguns dias mais tarde ficou claro para mim que eu nunca deveria ter tido acesso ao Palácio de Estúdios Cinematográficos. Era óbvia a necessidade de outros preparativos, talvez até mesmo de outra formação, para evitar o choque que levei; e tenho certeza de que outra autoridade negaria o meu acesso ao local. Provavelmente a impressão ficou ainda mais distorcida devido ao meu estado febril, mas essas distorções costumam passar rapidamente, e o abalo que sofri naquela noite deixou-me fora de órbita por algumas semanas.

Minha determinada permanência no mundo dos altos princípios teve curta duração. A frieza impenetrável de Lavris abalara a minha autoconfiança. Quem era eu para vir com planos para salvar o Estado? Uma pessoa enferma e cansada, enferma e cansada demais para conseguir buscar refúgio em irrepreensíveis princípios éticos de funcionamento impecável. Lavris deveria ter usado uma voz profunda e maternal, como a daquela mulher da seita de loucos; teria me consolado, como Linda o faz; teria sido uma mulher comum e amigável... Fui, então, arrancado dos meus devaneios e saltei do metrô na estação certa. O carimbo do funcionário do Terceiro Departamento serviu como uma licença e, sem saber como, encontrei-me de repente junto à porta subterrânea que levava até o Palácio de Estúdios Cinematográficos. Na capital, todos os prédios importantes tinham portas subterrâneas, e durante toda a minha estada ali nunca tive a oportunidade de subir ao ar livre.

Quando insisti para que me fosse permitido participar dos preparativos, achei que assistiria à gravação de um filme. Seria muito interessante e, no meu estado, poderia descansar, sentado como mero espectador da criação de uma cena de cinema. Mas eu havia me enganado. O local onde fui parar era uma sala comum de conferências, não contava com holofotes nem bastidores, não se vislumbrava nem um único figurino. Uma centena de espectadores ocupava as poltronas, e isso era tudo. Passei por um interrogatório minucioso sobre quem eu era, examinaram os meus papéis e, por fim, acomodaram-me em uma poltrona em uma das últimas fileiras.

Começaram os discursos de saudação. Eu acreditava que fariam uma análise geral de uma série de roteiros cinematográficos, apanhando as diretrizes principais para um trabalho satisfatório e, com isso, teriam uma primeira seleção. Uma série de instituições estava ali representada, entre as quais se encontravam diversos departamentos do Ministério da Propaganda, o Conselho dos Artistas e o Ministério da Saúde. O Serviço Voluntário de Cobaias não estava representado, algo que ninguém melhor do que eu poderia compreender. O palestrante da noite foi chamado e muito bem recebido, era um psicólogo especialista no assunto, pareceu-me. Eu o observava com muita curiosidade enquanto ele subia na tribuna. Nós mal conhecíamos psicólogos na Cidade Química, com exceção de alguns conselheiros dos campos de crianças e jovens, além daqueles que aplicavam os testes psicotécnicos realizados quando os jovens eram selecionados para as diversas profissões. Djin Kakumita era um homem pequeno e magro, de cabelos negros e brilhantes e de gestos vivazes e comedidos. Mais tarde tentei lembrar-me da introdução de seu discurso, palavra por palavra. Sei que é praticamente impossível guardar longas falas na memória, mas acredito que tenha a imagem clara o bastante para reproduzir a parte principal de seu conteúdo.

– Camaradas soldados – ele começou. – À minha frente tenho uma pasta repleta dos trabalhos de nada menos do que 372 roteiristas. É impensável que possamos discutir cada um desses 372 roteiros, portanto peço perdão a alguns escritores. (Risos entre os espectadores: obviamente nenhum pseudoescritor que havia entregado seu manuscrito era convidado para o trabalho qualificado posterior.) Em vez disso farei uma crítica geral que, ao mesmo tempo, será a diretriz para o trabalho.

"Em primeiro lugar, permiti-me dividir essas histórias em dois grupos principais: aquelas com final 'feliz' e as com final 'infeliz'. Já que o objetivo é atrair e incentivar, seria possível pensar que aquelas com final feliz seriam as mais adequadas. Entretanto, não é esse o caso, como ficará comprovado agora. Para quem um final feliz seria atrativo? Para os passivos, para aqueles que na realidade temem o sofrimento e a morte? Não é para eles que nos direcionamos. Investigações psicológicas vêm nos ajudando a concluir que o recrutamento de cobaias do Serviço Voluntário serve-se em um número cada vez menor desse grupo. Quando essas pessoas chegam ao final feliz da história, acabam se esquecendo do próprio conteúdo do filme. Vão para casa e adormecem tranquilamente, convencidas de que tudo correu bem tanto para o herói como para a heroína. Não se encaminham para o Departamento de Propaganda para se inscreverem. Os filmes sobre as cobaias com final feliz são designados para os intervalos entre os períodos de campanha. São para acalmar e motivar familiares e outros camaradas soldados, se estes alguma vez se perguntarem sobre o destino de seus filhos, irmãos e amigos que tenham desaparecido no Serviço Voluntário de Cobaias. Esses filmes devem ser produzidos ocasionalmente e, para que sua influência seja realmente positiva, não devem apenas ter um final feliz, mas também um enredo repleto de bom humor, passagens divertidas, situações comoventes de preferência, porém não heroicas. Uma série de roteiros está no meio do caminho: apresenta uma mistura fracassada de uma mentalidade desejada nos períodos de intervalo e daquela que deveria ser incluída na época de campanha.

"Os filmes mais atrativos foram aqueles com o chamado final infeliz. Digo *o chamado final infeliz* porque o conceito de felicidade plena é muito arbitrário e pessoal; é arbitrário e também indiferente, já que nada deve ser, rigorosamente, considerado do ponto de vista individual. De qualquer modo, estou falando dos filmes em que o herói sucumbe. Podemos contar, sob todas as circunstâncias, com determinada porcentagem de camaradas soldados para os quais isso é a maior felicidade, especialmente se for em sacrifício ao Estado. É dessa porcentagem que o Serviço Voluntário consegue recrutar as suas cobaias, e tenho motivos suficientes para crer – sobre os quais voltarei a falar mais adiante – que essa porcentagem é bastante elevada atualmente. Deve-se, portanto, despertar e encorajar as tendências já existentes em cada um e guiá-las no caminho certo.

"Em regra, contudo, os heróis têm dificuldades em contentar o público no que se refere à escolha de seu fim. Deve-se encontrar algum herói que fascine. Antes de tudo, devem-se evitar todas aquelas enfermidades e formas de morrer que contenham algo de ridículo. O estado de saúde da cobaia não deve ficar tão precário que a impeça de manter a dignidade, sem condições de cuidar de si mesma em suas necessidades biológicas básicas, o que é censurável em filmes dessa espécie. Para filmes do período intermediário, tudo bem! Assim como filmes com final feliz e passagens cômicas, é claro. Mas os sofrimentos que atraem os heróis devem ser: a) de aparência *digna* e b) *adequados* ao seu objetivo.

"O desejo de sentir-se exclusivamente como um instrumento para um objetivo maior é uma motivação que se deve ter em conta muito além dos limites dos tipos heroicos em que me detive até o momento. Ninguém pode realmente acreditar que a sua vida tenha um valor em si mesma. Se falarmos sobre o valor de uma vida, esse valor naturalmente estará em algo muito além do indivíduo. Que dia ou qual momento da nossa vida temos a coragem de compreender como dotado de um valor em si mesmo? Nenhum momento. Quero salientar que essa impressão sobre a insignificância da vida individual tem a sua correspondência em uma cada vez mais profunda consciência sobre as primordiais exigências do Propósito Maior, ou seja, do nascimento da consciência do Estado nas mentes dos camaradas soldados. O sofrimento que o filme apresenta deve também conter um benefício além do individual – não pode ser *uma* pessoa que se salve através da queda do herói – pois ele poderia, obviamente, ter salvado a si mesmo! –, nem mesmo uma ínfima quantidade, senão milhares, milhões, de preferência *todos os camaradas soldados do Estado Mundial*.

"Uma subdivisão dessa adequação seria: c) a *glória* da queda apresentada. Não quero dizer que ao herói devam ser concedidas as honras pelos seus atos, isso baixaria o nível do filme e surtiria um efeito mais fraco em uma natureza verdadeiramente heroica, porém ele deveria ser poupado de uma desonra mais profunda. Contra o herói, temos normalmente o vilão, um ser antissocial e de natureza egoísta, aquele homem que cai em tentações e que deseja escapar da dor e da morte. Grosseiro, de aparência execrável, antipático, relaxado e indisciplinado, covarde e promíscuo, deve o tempo todo agir paralelamente à crítica, mas nunca tão exageradamente a ponto de ferir as consciências mais sensíveis. Vocês não são assim, não é mesmo? O temor de ser covarde, desonrado, feio no íntimo, é normalmente um incentivo entre os tipos heroicos que descrevi e que devemos priorizar na nossa propaganda.

"Poucos roteiros que tenho à minha frente preenchem todos esses requisitos. O nosso trabalho daqui para a frente será muito instrutivo: o material será dividido entre os departamentos de estudos, classificado de acordo com as diretrizes apresentadas, selecionado e criticado, e aquilo que se julgar útil será remodelado, melhorado e reescrito, até que nos reste uma quantidade relativamente pequena de propostas, porém completamente satisfatória. Dentro de catorze dias o trabalho deverá estar pronto, então nos reuniremos novamente para examinarmos juntos o resultado. Agora, agradeço-lhes pela palavra e aguardo uma proveitosa discussão."

Ele desceu da tribuna. Eu me sentia muito mal, sem saber por quê. Tinha certeza de que todos ao meu redor viam o homem como alguém que inspira confiança pela maneira como falava dos camaradas soldados como um técnico habilidoso fala de mecanismos engenhosos. Eu sabia que os outros se deixavam levar por sua superioridade e que imaginavam a si mesmos naquele lugar de comando, sobre a máquina, manejando os controles. Mas, fosse ou não pela febre, eu ainda tinha viva a imagem da minha primeira cobaia, o nº 135, e de seu único grande momento, aquele que eu invejava. Eu podia desprezar o nº 135 o quanto quisesse, podia tratá-lo tão mal quanto desejasse nos meus pensamentos ou na realidade, mas, enquanto o invejasse, jamais poderia vê-lo como um engenheiro vê sua máquina.

A discussão teve início. Alguém destacou a importância de ter jovens nos papéis de heróis em vários filmes, para assim cativar a juventude. Não que fosse *melhor* contar com cobaias mais jovens do que velhas. A estatística mostrava que uma cobaia suportava em média certa quantidade de anos, independentemente da idade com que tivesse começado, e podia-se também afirmar que era mais vantajoso que o Estado *primeiro* utilizasse as cobaias em outras profissões e, *mais tarde*, no Serviço Voluntário, em vez de usá--las *somente* durante os últimos anos. Havia uma razão que pesava mais do que as outras: os jovens eram mais fáceis de ser influenciados. O casamento e a vida ocupada pelo trabalho influenciavam de maneira negativa a quantidade de inscrições. Embora houvesse pessoas solitárias em todas as faixas etárias e grupos que vagavam em busca de algo sem saber exatamente o quê, quando a chamada felicidade e a chamada vida as tivessem decepcionado, elas estavam preparadas para procurar o oposto, pois talvez tivessem assim mais sorte; e dessas pessoas não se podia esquecer. Mas os anos de juventude – principalmente uma juventude muito bem escolhida – eram a época da solidão e das decepções por excelência. Ou talvez fosse apenas a idade da solidão e das decepções *arriscadas*? Consequentemente, deveria ser a faixa etária mais visada pela campanha.

Outra pessoa sublinhou as palavras do último palestrante e acrescentou que a juventude tinha mais uma vantagem em relação à idade adulta, pois, como a maior parte das inscrições vinha dos campos de jovens depois de passada uma campanha bem preparada, havia condições de fazer uma seleção. Não havia sentido em aceitar todo e qualquer jovem inscrito. Muitos tinham tanto talento que o Estado poderia tirar melhor proveito de seus cérebros do que de suas membranas e órgãos. Podia-se, portanto, concluir que a idade mínima não deveria ser muito baixa. Antes dos 15 ou 16 anos era difícil julgar as capacidades gerais e especiais de aproveitamento.

O participante seguinte fez objeções à fala do último e explicou que já nas crianças de 8 anos era possível ver se havia um talento especial para ser utilizado ou não, e que se podia muito bem baixar a idade mínima de inscrição para 8 anos. Poderiam também mostrar alguns filmes especialmente adaptados para influenciar as crianças dessa idade. Outros não concordavam com seu discurso, em parte por haver muitos exemplos de talentos aproveitáveis que só se revelavam em uma fase de vida posterior, e em parte porque um apelo à faixa etária infantil não teria peso suficiente para justificar os gastos em produções extras. Algo seria economizado, pois as crianças eventualmente inscritas nunca precisariam de educação especial, mas por outro lado não era antes da puberdade que os traços heroicos *dessa natureza* firmavam-se.

Outro começou a falar da importância de não lançar filmes com intervalos longos demais entre eles. Na verdade, não era adequado pressionar muito para que as inscrições fossem feitas e, de fato, tampouco era necessário. Bastava certo efeito-surpresa para dar origem a uma influência tão forte quanto a da violência, e bem menos perigosa a longo prazo. Devia-se obrigar a tomar uma rápida decisão: agora ou nunca. Se a decisão não for tomada no tempo certo, será tarde demais! Essa angústia, que se manifesta em determinadas fases críticas da vida, se intensifica diante das escolhas rápidas, conduzindo ao caminho certo, se a propaganda for bem-feita.

Alguém agradeceu o último ponto de vista e salientou que essa angústia, que muitas vezes se acentuava em todo camarada soldado, poderia tornar-se uma valiosa vantagem para o Estado se psicólogos experientes pudessem encarregar-se do assunto. Caso fosse usada como um impulso, por assim dizer, não faria mal algum se a decisão se mostrasse um tanto fatal. Tal decisão aumentava a sensação de alívio e o entusiasmo da maioria dos inscritos, levando outros a se inscreverem em maior número do que se o assunto tivesse sido tratado como de menor importância. Tornar a inscrição algo definitivo era ir além dos objetivos pretendidos, e o participante achava até que dez anos obrigatórios era tempo demais. O mesmo efeito seria alcançado e haveria menos obstáculos se a inscrição fosse válida pelo período de cinco anos. Depois de cinco anos, a cobaia já não era tão jovem, tinha menos força e menor possibilidade de começar em uma nova profissão. Com uma propaganda bem orientada podia-se evitar toda a violência e, consequentemente, toda a resistência.

É preciso lembrar que eu estava febril. Não há outra explicação de por que eu me levantei e pedi para fazer um pronunciamento. O nº 135 não havia cessado de assombrar a minha mente. Enquanto ele estivera sob o meu domínio, eu fizera tudo para humilhá-lo, mas agora sentia que deveria tomar o seu partido.

– Gostaria de fazer um comentário sobre a maneira como os senhores tratam os seus camaradas soldados, como se eles fossem um equipamento – disse eu devagar e hesitante. – Isso parece-me uma falta de consideração, uma falta de respeito...

A voz traiu-me e percebi que a minha cabeça girava, não conseguia me articular.

– De jeito nenhum! – gritou de modo rude e impaciente um dos participantes anteriores. – Que insinuações são essas? Ninguém dá mais valor para os tipos heroicos do que eu. Como eu não haveria de saber o quanto eles são necessários para o Estado? Eu, que dediquei anos da minha vida a estudar exatamente esse tipo e suas condições! O senhor acha que fiz isso por julgá-los sem valor? E ainda fala em falta de consideração!

– Sim, sim – respondi confuso –, consideração pelo resultado, mas, mas...

– Mas o quê? – perguntou o meu adversário quando me calei. – Pelo que eu não tenho consideração?

– Nada – respondi sem ânimo e me sentei. – O senhor tem toda a razão, enganei-me e peço-lhe desculpas.

Eu havia me contido no momento certo, constatei, enquanto sentia o suor escorrendo pela testa. O que eu pretendia dizer? "Os senhores não têm consideração pelo nº 135?" Belo ponto de vista. Tendências individualistas secretas sob a superfície. Eu tive medo de mim mesmo.

Não, não de mim mesmo! Não era eu aquele que eu odiava e com quem lutava. Não era eu. Era Rissen.

Durante um momento que me pareceu longo, nada ouvi do que acontecia ao meu redor, tão abalado fiquei com o perigo que evitara. Quando finalmente consegui me concentrar, Djin Kakumita ocupava a tribuna. Ele já estava falando havia algum tempo, pelo que entendi.

– Esse tipo heroico, chamado heroico passivo – disse ele –, torna-se cada vez mais procurado pelo Estado a cada dia que passa. Não apenas são necessários no Serviço Voluntário de Cobaias, mas também como homens comuns na linha de produção, como funcionários subordinados, como reprodutoras de crianças para o Estado e em outros milhares de funções. Especialmente nos tempos de guerra, a necessidade aumenta, e cada camarada soldado deveria pertencer a esse grupo. Por outro lado, fica claro para qualquer um que não é desejável que eles ocupem posições de liderança, para as quais são exigidos um olhar frio e calculista e capacidade de tomar decisões rápidas e uma força implacável. Portanto, consideremos o problema: como poderemos aumentar, em caso de necessidade, a frequência do mais nobre entre todos os tipos, dessa solitária e desesperada alma heroica, decepcionada com a vida e pronta para o sofrimento e a morte? Bem...

Eu me sentia realmente muito mal e resolvi sair da sala. Como eu era um estranho ali e não pertencia a nenhum dos grupos de trabalho, minha saída não tinha relevância alguma. Com passos lentos e silenciosos para não incomodar ninguém, consegui chegar até a porta, onde mostrei ao guarda meus documentos e passei a explicar, sussurrando, o meu comportamento. Enquanto eu me explicava, fui interrompido por um homem alto e moreno, trajando uniforme de policial militar de alta patente. Estranhamente, ele vinha de fora e queria entrar na sala, já tarde da noite. Ele mostrou um papel para o guarda, que não o deixou entrar imediatamente, mas o acompanhou para dentro da sala, de forma que eu pudesse sair para o corredor. Lá de dentro, ouvi uma voz clara e decidida, embora eu não conseguisse distinguir o que era dito, e, quando se calou, o local foi tomado por um crescente burburinho.

No mesmo instante, o guarda voltou para o seu posto, e não me contive em perguntar-lhe o que havia ocorrido.

– *Shh* – ele cochichou, olhando ao redor. – Como o senhor participou da reunião, camarada soldado, posso contar. A produção dos filmes de propaganda para o Serviço Voluntário de Cobaias foi cancelada. Todas as forças serão necessárias em outro lugar. O senhor compreende o que isso significa, assim como eu, mas nenhum de nós tem o direito de manifestá-lo em voz alta.

O simples fato de se expressar naqueles termos já era fazê-lo em voz alta, mas eu não me preocupei em contrariá-lo. Cansado como já estava, apressei-me para ir até o elevador. Contudo, ele tinha razão, e eu sabia muito bem o que aquela interrupção significava. O Estado Mundial estava à beira de uma nova guerra.

MEU DESEJO DE AVENTURA ESTAVA SACIADO. O QUE eu vivera na capital fora variado e instrutivo o bastante para que nunca mais me esquecesse. A prova de fogo da kallocaína diante de Tuareg, minha visita ao Sétimo Departamento e, por último, a discussão psicológica sobre os filmes, para a qual eu ainda não estava bem preparado. Era verdade, eu não estava preparado para aquilo. Eu tinha plena consciência, e isso me roía por dentro. No entanto, nada tinha a dizer contra afirmação alguma, pois as afirmações simplesmente psicológicas eu devia deixar para serem examinadas por um especialista na área. Eu sentia muita vergonha a cada vez que me lembrava de meu injustificável e estúpido ataque. Eu já percebera o grau do meu equívoco, mas por que ainda sofria por ele? Eu nunca ouvira tão claramente, tão objetivamente, como a contribuição dos camaradas soldados era valorizada. No entanto, sentia que a complexidade da minha existência tinha se tornado gigantesca enquanto o sentido do conjunto diminuíra imensamente. Eu sabia que era uma visão falsa e doentia da vida e tentava convencer a mim mesmo com todos os argumentos possíveis. Mas para aquele vazio que me ocupava eu não conseguia encontrar outra definição senão *ausência de sentido*.

Seria irônico, pensei, assombrado, se algum policial brincalhão ou até mesmo Rissen houvesse tirado a seringa das minhas mãos e aplicado a droga no meu braço. É fácil imaginar o que o Sétimo Departamento teria dito sobre o meu estado mental. Se Rissen tivesse o direito, provavelmente lhe agradaria muito me desmascarar, comprovando a sua antiga afirmação: "Nenhum camarada soldado acima dos 40 anos tem a consciência limpa". Não era isso o que ele, o tempo todo, desejava? Não fora ele quem me levara até aquele ponto com suas insinuações? O homem era um perigo para mim e para todos. O pior de tudo era ficar imaginando até que ponto ele teria exercido a sua influência sobre Linda e se os dois estavam mancomunados contra mim.

Tudo isso estava fermentando sob a superfície. Porém, externamente, eu tinha muito o que fazer para que pudesse perder tempo com minhas suposições. Tuareg já tinha dado ordens para que os procedimentos judiciais habituais dessem lugar ao exame com a kallocaína, e gente de todo o Estado Mundial já formava filas para participar dos cursos que havíamos organizado. Fomos transferidos, até segunda ordem, para o serviço policial e instalados em novos locais na delegacia de polícia. Karrek mandou todos os prisioneiros diretamente para as nossas salas, para que fossem minuciosamente interrogados e servissem de material de treinamento. Por isso, sempre havia um alto militar ou policial como juiz, e o protocolo era redigido tanto pelo secretário de polícia como pelos secretários destinados pelo curso.

Logo ficou claro que o trabalho aumentava demasiadamente. Tivemos de aceitar mais gente no curso do que o recomendável e mesmo assim muitos tiveram de ficar aguardando. Tampouco tínhamos tempo de examinar todos os prisioneiros que chegavam e acelerávamos cada caso, além de encurtarmos em meia hora o nosso intervalo para a refeição.

O trabalho das cortes de justiça, desde tempos remotos, sempre fora de cunho confidencial, e por isso eu não tinha termos de comparação, mas fiquei impressionado com a quantidade de acusações falsas, ou ao menos desnecessárias. Praticamente todos os examinados fraquejavam, ficavam arrasados e transtornados – e quase sem motivo, podia-se pensar depois de ser inquirido duramente por centenas de camaradas soldados desconhecidos –, e ainda assim suas revelações eram tão ridículas e insignificantes do ponto de vista da justiça que passei a duvidar se todo o sistema valia o seu custo. Surgiram também dificuldades em obter a kallocaína, que ainda era produzida em quantidades pequenas pelos laboratórios.

Uma vez passamos a discutir a questão à mesa de jantar. (Nós, quero dizer Rissen, eu e todos os participantes do curso, pois tínhamos conseguido algumas mesas no grande refeitório, onde os funcionários auxiliares da polícia também faziam suas refeições.) Havíamos trabalhado apressadamente, como de costume, durante toda a manhã. O ar estava ainda mais úmido e quente do que o normal e, para completar, um par de ventiladores no nosso andar havia desistido de funcionar. Alguém reclamara em voz alta das denúncias insignificantes ou daquelas que só continham bobagens.

– As denúncias vêm aumentando ininterruptamente durante os últimos vinte anos – disse Rissen. – Fiquei sabendo disso pelo próprio chefe de polícia.

– Mas não quer dizer que a criminalidade tenha aumentado – eu disse. – Pode ser que a lealdade tenha crescido, a sensibilidade para saber onde a corrupção se encontra...

– Significa que o terror aumentou – respondeu Rissen com inesperada animação.

– Terror?

– Sim, o terror. Estamos nos encaminhando para uma vigilância cada vez mais extrema, e isso não nos dá mais segurança, como havíamos imaginado, e sim angústia. Com o nosso terror, o nosso instinto de ataque também cresce. Quando um animal selvagem se sente ameaçado e não vê escapatória, ele parte para o ataque. Não é assim? Quando o terror se infiltra em nós, nada mais há para fazer senão atacar primeiro. É difícil, nem sabemos para onde direcionar o nosso ataque... Mas é melhor prevenir do que remediar, diz o velho ditado, não é? Ferindo com profundidade e precisão, torna-se possível escapar. Há uma velha anedota sobre um esgrimista que era tão habilidoso que conseguia até mesmo ficar seco debaixo de chuva. Ele golpeava as gotas que caíam, de forma que nenhuma o atingisse. É mais ou menos assim que agimos quando nos sentimos atingidos pelo grande terror.

– O senhor fala como se todos tivessem algo a esconder – eu disse e, ao mesmo tempo, ouvia como minhas palavras soavam falsas e pouco convincentes. Apesar de eu não querer acreditar nele, tive uma visão, contra a minha vontade, que me assustou. *Se* ele ainda tivesse razão e a minha missão junto a Lavris desse frutos, se não apenas palavras e atos, mas também ideias e sentimentos fossem analisados e julgados, então... Seriam como formigas em um formigueiro, onde todos os camaradas soldados se colocariam em ação, mas não como formigas que cooperam conjuntamente, e sim que concorrem umas contra as outras. Eu via isso acontecer, eram colegas de trabalho delatando outros colegas, maridos delatando esposas, esposas delatando maridos, subordinados delatando chefes, chefes delatando subordinados... Rissen não podia ter razão. Eu o odiava por ele ter a capacidade de impor suas ideias a mim. Mas me tranquilizei ao pensar em quem seria o primeiro delatado se a nova lei se tornasse realidade.

Alguns dias depois, Karrek dera ordens para que o curso fosse dividido. Os interrogatórios continuariam a ser feitos, e as aulas seriam dadas por Rissen com auxílio dos melhores alunos do curso. Eu passaria a liderar um curso especial de química para que pudéssemos começar a produzir a kallocaína em maior escala.

Compreendi que era um caso de necessidade. Além disso, eu deveria ficar satisfeito em poder retomar o meu trabalho com a química. Ainda assim, essa ordem me deixou um tanto nervoso e decepcionado.

A partir de então, tudo passou a transcorrer da seguinte forma.

Entre as pessoas examinadas, tivemos ainda o mesmo idoso da seita de loucos que eu já mencionara anteriormente e que chegara até nós antes de nossa viagem à capital. Por uma coincidência, o caso dele tinha sido adiado, pois ele havia ficado doente e só viera a melhorar agora. Ele constava na lista para o dia seguinte, justamente quando eu daria início ao meu novo curso de química. O que me surpreendia e quase me assustava era que eu estava muito decepcionado por não poder estar presente no interrogatório. Devo perguntar a mim mesmo se eu aguardava algo no estilo daquela mulher que me causara impressão tão profunda: se me atraía expor-me novamente a influências arriscadas semelhantes. Na realidade, eu não tinha necessidade de me envolver em motivações tão depreciativas. Meu interesse estava focado, antes de qualquer coisa, na conspiração que Karrek nos mandara descobrir; eu queria saber que gérmen era aquele que se escondia sob toda a loucura. A aparência inteligente do homem era um sinal de que ele poderia estar mais profundamente envolvido nos segredos íntimos da reunião do que qualquer outro que havíamos encontrado anteriormente. Eu gostaria muito de estar presente durante a revelação, principalmente por desconfiar do envolvimento de Rissen com a seita. Havia também um interesse negativo, disse a mim mesmo, que não tinha nenhuma relação com o positivo. Assim era o meu interesse pela seita de loucos, exatamente igual ao meu interesse por Rissen.

Mesmo obrigado a obedecer ordens, prometi a mim mesmo que nada me faria perder o caso de vista.

– É permitido perguntar se aquele homem enfermo foi examinado hoje? – perguntei durante o jantar no dia seguinte.

– Sim, ele foi examinado hoje – respondeu Rissen brevemente.

– E o que foi revelado? Algo criminoso?

– Ele foi condenado a trabalhos forçados.

– Por quê?

– Julgamos que ele seja inimigo do Estado.

Era impossível extrair mais informações sólidas e confiáveis do meu chefe de controle. Não vi outra saída a não ser pedir para ler o relatório.

– Quanto a esse assunto, não tenho competência alguma para permitir ou proibir – disse Rissen. – Isso é uma decisão que cabe ao chefe de polícia.

Karrek não dificultou em nada quando lhe fiz o pedido por telefone. Na minha primeira noite de folga, fui até a delegacia, onde Rissen aguardava-me para abrir o arquivo e me entregar o papel. Era o relatório do curso (o relatório da polícia estava em outro lugar, ignoro onde) e estava muito bem detalhado. Eu deveria lê-lo ali mesmo no local e fiquei incomodado porque Rissen tinha trabalho a fazer justamente naquela noite. Compreendi que ele queria explicar-me melhor, mas não era esse o meu interesse.

Quando iniciei a leitura, mudei de ideia. Como ele se encontrava por perto, eu podia muito bem perguntar-lhe o que queria saber.

– Eu gostaria de saber mais sobre isso – eu disse. – "O interrogado começou a cantarolar canções esquisitas." O que isso significa? Por que as canções eram esquisitas?

Rissen encolheu os ombros.

– Eram assim, simplesmente – respondeu. – Não se pareciam com nada que eu já tenha ouvido. Palavras soltas, associações e imagens, creio; e as melodias... não consigo entender como algum soldado no mundo poderia marchar ao som delas... Mas causaram-me um grande impacto, o que raramente acontece.

Sua voz estremecia estranhamente, seus movimentos quase me contagiaram também. Eu nunca deveria ter ido até ali. Deveria ter sido prevenido pela voz quente da mulher, que falava sobre o orgânico e sempre voltava a me assombrar, como o sentimento mais profundo. A imagem ficou viva para mim novamente, golpeando-me como algo quase injusto, perverso e demoníaco, como uma infecção que se espalha em vários momentos – desde aquele homem estranho que não ouvi cantar, até mim, como um eco na voz de Rissen.

– O senhor poderia fornecer-me algumas palavras das canções dele? – perguntei, hesitante. – O senhor poderia repeti-las?

Mas Rissen apenas negou com a cabeça.

– Eram demasiadamente estranhas, apenas me anestesiaram.

Continuei lendo e fiz um esforço para escapar daquela influência que tanto detestava.

– O senhor deve reconhecer que isso é criminoso – eu disse. – Pelo que sei, *todas* as informações geográficas e rumores são puníveis. Ainda mais isso: uma Cidade Deserta em ruínas em um local inacessível! Uma cidade desconhecida e inalcançável! Pelo que estou vendo, ele não conseguiu fornecer a localização exata, mas o simples fato de espalhar essas informações!

– Quem pode saber se essa Cidade Deserta realmente existe? – respondeu Rissen, hesitante. – Ele mesmo afirmou que a cidade era conhecida somente por alguns escolhidos e por aqueles que vivem entre as ruínas. Isso não deve ser nada além de uma fábula!

– Nesse caso, é uma fábula criminosa, pois é baseada em um boato geográfico. *Se* a Cidade Deserta existe e *se* ela teve origem, como ele afirma, em um tempo anterior à Grande Guerra e ao Estado Mundial, e *se* realmente foi destruída por bombas, gases e bactérias, como tiveram coragem de lá permanecer, por mais loucos que sejam? Se lá houvesse possibilidades de sobrevivência, o Estado já teria, há muito tempo, tomado posse dela.

– Se o senhor olhar mais adiante no relatório – respondeu Rissen –, verá que a cidade é cercada de perigos por todos os lados, aqui e ali se diz que até mesmo as pedras e a areia estão contaminadas por vapores venenosos, nas aberturas e fendas há colônias de bactérias vivas e, a cada passo, encontra-se um novo perigo. Contudo, como o senhor também pode ver, ele conta que há fontes de água fresca no solo, terra fértil para o cultivo de vegetais comestíveis, e que os raros nativos conhecem os caminhos seguros e esconderijos e levam uma vida em harmonia, ajudando-se mutuamente.

– Sim, estou vendo. Uma vida desgraçada e insegura, plena de angústia. Mas é, afinal, uma fábula construtiva. A vida deve ser assim, uma angústia permanente e perigosa quando se escapa da grande coletividade, o Estado.

148

Ele se calou. Continuei a leitura, sem conseguir deixar de suspirar e balançar a cabeça.

– Uma fábula! – eu disse. – Uma fábula como essa não existe! Os vestígios de uma civilização morta! Naquele buraco deserto infestado de gases, conservaram os vestígios de uma civilização morta dos tempos anteriores à Grande Guerra? Tal civilização nunca existiu.

Rissen virou-se rapidamente para mim.

– Como o senhor pode ter tanta certeza? – ele perguntou.

Olhei surpreso para ele.

– Isso aprendemos quando éramos crianças – eu disse. – Algo digno de ser chamado de civilização não podia ser imaginado na época civil-individualista. Um indivíduo lutava contra o outro, grupos contra grupos. Forças inestimáveis, braços fortes, excelentes cérebros podiam ser desconectados, jogados fora por algum adversário, desligados do aparelho de trabalho, definhando sem uso e sem sentido... Tudo isso eu chamo de selva, não de civilização.

– Eu também – concordou Rissen, muito sério. – Mas ainda assim... Poderíamos imaginar um fluxo de água subterrâneo, praticamente seco, esquecido, que ressurge um dia no meio da selva?

– A civilização é a vida no Estado – respondi. Suas palavras botavam a minha imaginação para trabalhar. Debruçado sobre o relatório, eu enganava a mim mesmo me tomando por uma espécie de controlador, de crítico. Na realidade, a minha ávida imaginação buscava algo mais distante, no desconhecido, algo que pudesse me resgatar do presente ou me dar uma chave para revelá-lo. Eu, porém, ainda não tinha esse entendimento.

Um trecho do relatório me fez estremecer. O homem relatara uma tradição que afirmava que as tribos do outro lado da fronteira teriam pertencido a certos povos fronteiriços do Estado Mundial. A área teria sido dividida ao meio durante a Grande Guerra, assim como o próprio povo.

Levantei os olhos do relatório.

– É grave demais, esse trecho sobre os povos da fronteira – eu disse com a voz carregada de indignação. – É tão imoral quanto anticientífico.

– Anticientífico? – repetiu ele, ausente.

– Sim, anticientífico! Saiba, meu chefe, que nossos biólogos já comprovaram que nós, aqui no Estado Mundial, e aquelas criaturas do outro lado da fronteira fomos originados de espécies completamente diferentes de primatas, tão diferentes quanto o dia e a noite, somos tão diferentes que é possível questionar se a "gente" da fronteira deveria ser chamada de humana.

– Não sou biólogo – respondeu, evasivo. – Nunca ouvi falar disso.

– Então fico feliz por essa oportunidade de tocar no assunto. Assim é a verdade, e uma tradição imoral não carece de maiores explicações. O senhor pode imaginar as consequências de uma guerra nas fronteiras. Devemos nos perguntar se essa seita de loucos, com os seus ensinamentos, costumes e filosofia de vida, não seria uma tentativa do estado vizinho de arruinar a nossa segurança, um detalhe entre tantos outros do bem elaborado aparelho de espionagem de que eles parecem dispor.

Rissen ficou calado por um bom tempo, até que finalmente disse:

– Foi principalmente por essa tradição que ele foi condenado.

– Surpreende-me que ele não tenha sido condenado à morte.

– Ele era um excelente profissional no ramo da indústria de tintas, em que falta pessoal.

Não respondi. Sentia que a sua simpatia pendia para o lado do criminoso, mas não consegui deixar passar a chance de ser sarcástico:

– Então, meu chefe, o senhor agora não está contente que finalmente chegamos ao âmago da questão e sabemos onde temos a nossa preciosa seita de loucos?

– Suponho que seja o dever de um leal camarada soldado ficar contente – disse ele com ironia, talvez sem a intenção de que fosse percebida. – Posso, então, fazer-lhe também uma pergunta, camarada soldado Kall? O senhor tem certeza absoluta de que, lá no seu íntimo, não sente inveja da Cidade Deserta repleta de gases?

– Aquela que não existe – respondi, rindo. Será que Rissen perdera o juízo? Se aquilo era uma piada, era realmente de mau gosto.

Ainda assim, a sua pergunta continuou a me atormentar durante muito tempo, assim como tantas palavras suas me atormentavam, da mesma forma como a vibração de sua voz me atormentava, como todo aquele ser, ridículo e malicioso, me atormentava.

Com todas as minhas forças, rejeitei a ideia da Cidade Deserta, não somente porque era impossível, mas também por ser repulsiva. Repulsiva e cativante ao mesmo tempo. Causava-me repulsa crer em uma cidade, mesmo em ruínas, cheia de perigos, com seus gases e bactérias, com indivíduos antissociais que lá buscavam miseráveis abrigos, engatinhando entre as pedras, angustiados e aterrorizados, e que, seguidamente, sucumbiam em razão de uma morte traiçoeira. Era ainda assim uma cidade que o poder do Estado não alcançava, uma área fora da coletividade. E quem poderia dizer por que havia algo de atraente ali? Superstições são geralmente sedutoras, pensei com desdém. É como uma caixa onde guardamos as nossas tentações como tesouros, a voz profunda de uma mulher, uma vibração na voz de um homem, um momento de devoção total jamais vivido, um sonho cruel sobre uma confiança sem limites, uma esperança de sede saciada e repouso profundo.

Eu não conseguia controlar a minha curiosidade. Não tinha coragem de perguntar a Rissen sobre o destino da seita de loucos, de cujo acompanhamento eu fora afastado, pois temia que ele desconfiasse de um interesse excessivo em minhas perguntas. Eu só ousava fazer breves e irônicas observações durante o jantar, que eram respondidas por ele de maneira curta e grossa. Eu dizia, por exemplo:

– Aquela Cidade Deserta duvidosa ainda fica na Lua? Ou já conseguiram dar a ela um endereço terrestre?

E ele respondia:

– Até hoje ninguém conseguiu localizá-la.

Os nossos olhos se encontraram por poucos segundos. Ele os baixou rapidamente, mas consegui ler neles uma pergunta crucial: "O senhor tem certeza absoluta de que, lá no seu íntimo, não sente inveja da Cidade Deserta repleta de gases?". Ele gostaria de encontrar uma inveja desse tipo em mim. Apesar de ter me forçado a tomar a iniciativa, era ele no entanto quem se encontrava no lugar de agressor, tentando me forçar à submissão. Eu amaldiçoava a minha curiosidade doentia.

Mais uma informação caiu em minhas mãos sem que eu nem mesmo perguntasse, e dessa vez não veio de Rissen, mas de uma participante do curso. Ela me contou algo sobre uma coleção de documentos que um dos prisioneiros mencionara. Tratava-se de um grosso maço de papéis com sinais representando sons, mas em nada parecidos com as nossas notações musicais. Pareciam-se mais com corpos de pássaros por trás de grades oblíquas, ninguém era capaz de decifrá-los, nem mesmo os mais secretos habitantes da Cidade Deserta, apesar de ainda possuírem maravilhosas coleções de épocas passadas. Eu tinha quase certeza de que havia algum tipo de musicalidade naqueles sinais, mas tudo também podia não passar de um blefe. Devia ser um tipo de música primitiva e bárbara. Ainda assim, eu sentia uma vontade quase selvagem de ouvir a sua interpretação ao menos uma vez, um sonho bobo que nunca se realizaria, nem para mim nem para mais ninguém. Mesmo que o fizessem, em um conjunto de marchas, não teria sentido algum, e como poderia haver ali alguma ajuda ou solução para um problema?

Durante todo aquele tempo, minha vida privada andava infeliz e vazia. Linda e eu havíamos nos distanciado tanto que nem valia mais a pena tentar uma comunicação. Felizmente, estávamos ambos muito ocupados e mal tínhamos tempo de nos encontrar.

ALGUM TEMPO DEPOIS, FUI CONVOCADO POR KARREK na minha noite de folga.

Respirei fundo quando me acomodei no metrô com a minha licença de visita no bolso. Karrek passou a ser um dos pilares da minha existência, pois nele nada havia da doença contagiosa que me assustava e me atraía, como em Rissen.

Karrek recebeu-me no quarto dos pais, enquanto a sua esposa lia sob um pequeno abajur na sala da família (eles não tinham filhos). Na nossa casa, a iluminação também era insuficiente – o que havia se tornado comum por uma questão de economia –, de forma que eu não pude analisar bem as expressões do chefe de polícia, mas percebi algo diferente em seus movimentos, o que me deixou preocupado, sem que eu soubesse a razão. Ele mal ficava parado um minuto na mesma posição. Sentava-se, levantava-se, andava a passos largos demais para o tamanho do quarto.

Quando era impedido pela parede de continuar, esmurrava-a com os nós dos dedos, como se desejasse remover aquele obstáculo do caminho.

Quando começou a falar, percebi a mesma vivacidade exagerada em sua voz, muito exaltada e animada; ele nem se preocupava em esconder a sua empolgação.

– Então, o que me diz agora? Nós dois conseguimos! Lavris deve ter convencido Tatjo a promulgar aquela lei contra pensamentos subversivos. A partir de amanhã entrará em vigor. Depois é só começar, sim, é só começar.

Por um instante, senti-me paralisado ao saber que o esperado havia acontecido e o dia fatídico estava tão próximo. Karrek não poderia estar mais contente. Meus lábios tremiam de tal maneira que tive de fazer um esforço imenso para me controlar e responder:

– Espero realmente que tudo seja para o melhor, meu chefe. Algumas vezes, penso que talvez fosse mais acertado que tivéssemos desistido. Não me entenda mal, apenas penso na parte prática. Para mim pelo menos, parece que já há sujeira demais embaixo do tapete para que o Estado possa arcar com mais essa despesa. Já estamos trabalhando nas horas extras, então só teremos ajuda na medida em que formos instruindo novos funcionários para a função. Mas o que faremos com todas as novas denúncias? Não podemos condenar dois terços da população a trabalhos forçados!

– Por que não? – disse ele alegremente, tamborilando os dedos na parede. – A diferença não é tão grande, e os gastos com os salários ficariam menores. Mas, falando sério, chegaram reclamações do chefe financeiro da cidade, e isso parece estar acontecendo por todos os lugares. Significa que, por razões financeiras, teremos de fazer uma seleção entre as denúncias. Ninguém será preso sem que o delator faça um minucioso relatório sobre as causas da suspeita. Isso já faz uma seleção. Depois, nos dedicaremos somente aos camaradas soldados mais eminentes. Temos de concentrar toda a nossa atenção na segurança do Estado, entende? Postos subalternos serão investigados primorosamente mais adiante, no futuro, de modo que furtos, roubos e crimes de ordem privada ficarão por último. Vamos selecionar, selecionar e selecionar, mas não importa, pois já teremos trabalho suficiente com isso.

Ele voltou a caminhar de um lado para outro e caiu na gargalhada, um relincho curto e esganiçado que lhe era tão característico.

– Ninguém conseguirá escapar com facilidade – disse ele.

Naquele momento, a luz da lâmpada refletia em seus olhos. Iluminado de baixo para cima, um rosto muitas vezes adquire um aspecto aterrorizador, e eu encontrava-me em uma fase muito sensível da minha vida. O fato é que fiquei gelado quando senti o brilho dos seus olhos de jaguar, tão assustadoramente próximos e ao mesmo tempo tão distantes, fora de alcance e repousados na própria frieza. Para me sentir mais calmo, objetei:

– O senhor quer dizer que todos andam por aí com a consciência pesada?

– Consciência pesada? – ele repetiu as minhas palavras e relinchou novamente. – O que importa isso, ter ou não ter a consciência pesada? Eles podem estar tranquilos como água parada, mas ninguém escapará com facilidade!

– Escapar das denúncias, é isso o que o senhor quer dizer?

– Das denúncias e das condenações, quero dizer. O senhor entende, sente-se por favor, camarada soldado; o senhor entende (ele aproximou-se novamente, inclinando-se sobre mim, e eu estava tão feliz de poder sentar-me que meus joelhos tremiam), *se tivermos os conselheiros e o juiz adequados*. Dispomos de conselheiros de todos os âmbitos, especialistas em diversas áreas, mas não podemos condenar sem uma boa base, como o senhor sabe. Não vale a pena tentar recuperar um caso perdido, um idiota com pensamentos antiquados, mas tampouco devemos privar o Estado dessa mão de obra nesses dias de baixa natalidade. Como já disse, a porta está aberta para aqueles que sabem o que querem. Tudo acabará se resolvendo, se tivermos o juiz adequado.

Devo confessar que não compreendia bem o que ele queria dizer, mas eu não tinha coragem de dar voz aos meus pensamentos. Então, concordei muito sério com um aceno de cabeça e segui seus passos com o olhar assustado.

O silêncio no quarto me constrangia. Eu pensava que o chefe de polícia aguardava que eu me manifestasse. Suas palavras sobre castigos diversos despertaram-me na memória algo que eu realmente queria dizer-lhe.

– Meu chefe – disse eu –, há algo que me deixou um tanto surpreso. Outro dia, apliquei a kallocaína em um homem, um conspirador, membro da perigosa seita de loucos. Ele espalhou não somente boatos sobre dados geográficos, altamente nocivos, como também de uma fábula horrível, segundo a qual os seres do outro lado das fronteiras teriam a mesma origem de certos grupos de pessoas das nossas fronteiras. Além disso, ele entoava cantos antissociais e foi condenado a trabalhos forçados. Agora me pergunto: será que isso foi adequado em seu caso especial? Teria sido bem pensado? Não critico a decisão, mas um prisioneiro cumprindo a sentença de trabalhos forçados estará em contato com diversas pessoas, sejam guardas ou outros prisioneiros. Alguns ficarão na prisão por pouco tempo, outros por mais tempo e, de qualquer modo, muitos acabarão sendo libertados. Não se deveria ter em mente a influência de que são capazes sobre aqueles que estão expostos ao contato com eles? Ele talvez não tenha a chance de falar muito, é verdade, mas fiz uma descoberta. Eu peço, meu chefe, que não ria de mim, mas percebi que muitas pessoas exalam uma intensa impressão de toda a sua filosofia de vida e são perigosas até mesmo quando caladas. Um olhar ou um gesto vindo de um desses indivíduos já é nocivo o suficiente. Agora me pergunto: é justo que um indivíduo dessa espécie tenha direito de continuar vivendo? Mesmo que ele seja usado em um trabalho útil e mesmo que a nossa população venha diminuindo, não é verdade que ele mais prejudica o Estado do que o favorece?

Karrek não riu. Ele escutava bem o que eu dizia e não demonstrava espanto. Quando terminei de falar, espalhou-se um vislumbre de malícia sobre seu rosto. Ele parou de andar e afundou-se na cadeira à minha frente. Ficou lá sentado, como se estivesse preparado para dar o bote.

– O senhor não precisa fazer tantos rodeios, camarada soldado – disse ele em tom de voz baixo e lento. – Ninguém mais do que eu lamenta o triste fato que o senhor expôs, que um grupo de camaradas soldados recebeu um valor completamente injustificável apenas devido ao fato de a curva de natalidade não progredir de maneira suficiente. Toda a propaganda a que assistimos diariamente não basta para implementar o nosso desempenho no leito conjugal. Mas o que podemos fazer quanto a isso? Deixe de lado os princípios genéricos e teóricos. Por trás destes, sempre há os casos individuais. Quem o senhor gostaria que fosse condenado à morte?

Eu queria desaparecer num buraco no chão. O cinismo dele me assustava. Eu não me referira apenas a Rissen, mas sim no geral. O que ele realmente pensava de mim?

– O senhor prestou-me um grande favor ao convencer Lavris – ele continuou. – Um favor deve ser retribuído, assim sabemos quem são realmente nossos amigos. O senhor parece ter uma espécie de inteligência completamente distinta da minha (agora ele relinchava novamente). Por isso podemos ser úteis um para o outro. Responda-me, com tranquilidade, quem o senhor gostaria que fosse condenado à morte?

Mas eu não podia responder. Até então os meus desejos não passavam de meros desejos, irreais, suspensos no ar. Eu sentia que, mais uma vez, com lucidez, deveria reconsiderá-los antes de agir.

– Não, não – respondi. – As minhas apreensões são realmente de natureza coletiva. Tenho experiência com seres dessa espécie.

Eu me contive. Teria falado demais? Ele ficou sentado, imóvel, por mais alguns segundos, enquanto eu tentava escapar de seus olhos verdes. Em seguida, ele se levantou e esmurrou a parede.

– O senhor não quer falar. Tem medo de mim. E eu nada tenho contra isso, mas farei o que posso pelo senhor. Quando o senhor fizer a sua denúncia – ou denúncias –, ela deve ser muito bem fundamentada, lembre-se: muito bem fundamentada, essa é a primeira exigência; e não sou eu quem faz a primeira seleção, portanto coloque um sinal em um dos cantos, esse sinal (ele rabiscou em um papel e entregou-me), e eu farei o que estiver ao meu alcance. Como já disse, não haverá nada de difícil se tivermos o juiz adequado, e podemos dar um jeito nisso. O juiz e os conselheiros adequados. Não pretendo deixá-lo só, o senhor pode tirar bom proveito de mim, apesar de sentir medo.

O MEU SONO NUNCA FORA DOS MELHORES, E NOS ÚLtimos tempos a insônia havia piorado. A minha dose mensal de soníferos sempre terminava muito antes da metade do mês, e quando Linda não precisava dos seus ela os passava para mim. Eu não queria procurar um médico, pois temia ser rotulado como "pessoa de constituição nervosa" no meu cartão secreto, e isso não seria nada divertido, já que eu não concordava em nada com essa denominação. Ninguém podia ser mais normal do que eu, minha insônia era natural e explicável. Pelo contrário, seria anormal e doentio alguém que dormisse bem sob aquelas circunstâncias...

Meus pesadelos mostravam cada vez mais claramente que eu não queria ser interrogado sob o efeito da minha kallocaína. Despertava coberto de suor frio depois de visões terríveis, nas quais eu era acusado e aguardava a aplicação da minha dose e pela vergonha inominável que sentiria. Rissen, Karrek e outro participante do curso apareciam como figuras assustadoras nos meus pesadelos, mas Linda era a personagem principal. Ela sempre aparecia como a minha delatora, como o meu juiz e como aquele que me daria a injeção de kallocaína. No início, era um alívio acordar e ver a verdadeira Linda, de carne e osso, ao meu lado na cama, mas logo as visões noturnas começaram a invadir a realidade, então o alívio diminuía a cada vez, e a Linda palpável e acordada era devorada pelo pavor dos meus pesadelos. Uma vez, cheguei muito perto de contar-lhe sobre os meus sofrimentos noturnos, mas, quando vi seu olhar frio, desisti. Mais tarde, fiquei satisfeito por não ter lhe contado nada. A minha suspeita de que Linda, em segredo, estivesse do lado de Rissen não me deixava em paz. Se ela ficasse sabendo o que eu achava dele, poderia se tornar minha inimiga no mesmo instante, uma inimiga implacável, forte como era. Talvez já fosse minha inimiga e estivesse apenas me enganando, até chegar a hora certa para atacar. Não, seria a minha desgraça se eu lhe dissesse uma palavra que fosse sobre o assunto.

Tampouco queria contar-lhe sobre um outro sonho, que não podia ser considerado um pesadelo comum. Era um sonho sobre a Cidade Deserta.

Eu estava parado na entrada de uma rua e sabia que devia seguir por ali – não sabia por quê, mas sentia, angustiado, que para o meu bem eu deveria seguir em frente. As casas dos dois lados da rua estavam em ruínas, algumas altas como montanhas, outras afundadas no solo e meio cobertas de areia e escombros. Em alguns lugares, trepadeiras tinham criado raízes e alcançavam os restos dos muros, mas entre elas uma grande parte do solo ficara deserta e sem vida sob o sol escaldante da tarde. Eu achava que conseguia ver, aqui e ali, naquelas pedras, uma leve fumaça amarelada. Em outros lugares a luz iluminava a areia formando uma névoa azulada tremulante que me assustava na mesma intensidade. Dei um passo inseguro para seguir adiante entre os vapores venenosos, mas no mesmo instante veio uma brisa carregando consigo uma parte daquela fumaça amarelada, espalhando-a como um redemoinho, e tive de recuar para não entrar em contato com aquilo. Mais adiante na rua, vi também que a névoa azulada e tremulante começou a subir como uma chama fraca, quase fechando a rua. Olhei ao redor, muito angustiado com a possibilidade de uma explosão parecida acontecer atrás de mim, impedindo que eu pudesse seguir adiante ou retornar, mas naquele momento não havia sinal algum. Mais uma vez, dei um passo para a frente. Nada aconteceu. Mais um passo. Então, ouvi um estouro atrás de mim, virei a cabeça e vi que uma pedra em que eu acabara de pisar estava se transformando. A pedra se expandia de dentro para fora, ficava porosa e se desfazia em poeira em um piscar de olhos, enquanto eu sentia um cheiro desagradável. Eu não estava disposto a ir adiante, mas tampouco queria ficar ali parado ou retornar.

Ouvi, então, um estranho som de vozes a certa distância. Lá havia uma porta aberta e meio destruída de um porão, cercada de trepadeiras. Eu não tinha reparado nela antes, mas na minha angústia respirei com algum alívio, pois vi o verde vívido das plantas perto de mim. No alto da escada de pedra demolida, alguém saiu à luz e acenou, chamando-me. Não me lembro mais de como cheguei até o porão, talvez tenha corrido apressado sobre as pedras perigosas. De qualquer modo, cheguei a um recinto de pedra sem telhado, onde o sol penetrava, com grama e flores pairando sobre a minha cabeça. Nunca um lugar com telhado e com paredes havia me dado uma impressão de segurança como aquele. Tinha um odor de sol, de terra e de alegria ensolarada. As vozes ainda entoavam cânticos, mas agora de longe. A mulher que me acenara das escadas estava ali e nos abraçamos. Eu estava a salvo e queria dormir, de tanto cansaço e alívio. De repente, seguir pela rua parecia-me algo totalmente desnecessário. Ela disse: "Você fica comigo?". "Sim, deixe-me ficar!", respondi, sentindo-me livre de todas as preocupações, como uma criança. Quando me abaixei para ver o que estava molhando os meus pés, percebi uma fonte de água cristalina atravessando o solo, e aquilo me encheu de uma indescritível gratidão. "Você não sabia que aqui a vida aflora?", perguntou a mulher. No mesmo instante eu sabia que era um sonho, que despertaria dele, e assim fiquei tentando prolongá-lo em meus pensamentos tão ansiosamente que o meu coração disparou e eu acordei.

Aquele sonho tão bonito talvez pudesse ser ainda mais preocupante do que os meus terríveis pesadelos, e eu não queria contá-lo para ninguém, nem mesmo para Linda. Não porque Linda fosse ficar com ciúmes da mulher do sonho – que carregava algumas características daquela prisioneira de voz profunda, a qual já mencionei diversas vezes, mas que tinha os olhos de Linda –, mas porque era também uma resposta clara para a pergunta de Rissen: "O senhor tem certeza absoluta de que, lá no seu íntimo, não sente inveja da Cidade Deserta repleta de gases?". A sugestão de Rissen havia penetrado tão profundamente em mim que até mesmo meus sonhos estavam sendo influenciados por ele. De que adiantava eu me defender de mim mesmo, quando devia me defender de Rissen? Nenhum juiz no mundo se importaria com tal defesa.

Tive o sonho antes de ser chamado por Karrek, ou seja, antes que a nova lei fosse promulgada e eu tivesse outras formas de me defender que não uma esperança indefinida de uma futura vingança.

Quando voltei do encontro com Karrek, já sabia que

na manhã seguinte poria os meus planos de vingança em prática e estava um tanto abalado. O objetivo que parecera tão distante encontrava-se agora ao meu alcance, porém todos os detalhes pareciam repentinamente inalcançáveis. Se Linda realmente amava Rissen, ela não iria, de um modo ou de outro, descobrir quem o delatara? Como ela agiria eu não sabia, mas tinha quase certeza de que Linda conseguiria descobrir. Ela conseguiria e se vingaria. Eu tremia só de pensar em sua vingança. Acontecesse o que acontecesse, eu não queria ficar sujeito à minha dose de kallocaína.

Naquela noite, não dormi praticamente nada.

Na manhã seguinte, o jornal apresentava um artigo com a seguinte manchete: PENSAMENTOS PODEM SER CONDENADOS.

Era uma apresentação da nova lei que mencionava a minha kallocaína, a substância que a tornara possível. Nada podia ser mais coerente do que as novas medidas penais. De agora em diante, não seria mais possível seguir à risca os parágrafos que prescreviam a mesma sentença tanto para o criminoso reincidente como para o de primeira viagem, caso fossem flagrados executando a mesma infração. O foco principal do procedimento legal seria o próprio camarada soldado, e não suas ações isoladas. Sua índole seria examinada e registrada, mas não como costumava ser, "imputável ou inimputável", e sim para diferenciar material útil de inútil. A pena não seria mais mecanicamente dividida em anos de trabalhos forçados, mas seria minuciosamente elaborada pelos melhores psicólogos e calculada pelos economistas para determinar o que seria ou não mais rentável. Um destroço humano, que jamais traria algum benefício ao Estado, não deveria ter a esperança de seguir vivendo pelo simples fato de não ter conseguido cometer um dano maior. Por outro lado, era-se obrigado a levar em consideração a diminuição da população e, no pior dos casos, aproveitar o material indesejável caso pudesse ser empregado como mão de obra. A nova lei contra a índole inimiga do Estado entrava em vigor naquele mesmo dia, mas ao mesmo tempo deixava-se claro que todas as denúncias feitas deveriam ser solidamente justificadas e assinadas com o nome do delator, que seria controlado. Denúncias anônimas não seriam mais aceitas, impedindo assim uma avalanche de delações irrelevantes e despesas estatais desnecessárias com a kallocaína e funcionários judiciais. Dessa forma, a polícia reservava-se o direito de levar ou não em consideração as denúncias.

Karrek não havia me contado sobre a obrigatoriedade da assinatura do autor das denúncias. Assim ficaria mais fácil para Linda se ela quisesse saber o nome do delator de Rissen.

O dia passou sem maiores emoções no trabalho, mas não posso dizer que tenha sido tranquilo. Não troquei sequer uma palavra com Rissen durante a refeição. Eu mal tinha coragem de olhar para ele. Tinha a terrível sensação de que ele lia os meus pensamentos, conhecia as minhas intenções e, a qualquer momento, poderia me apanhar. Ao mesmo tempo, eu não tinha coragem de dar o primeiro passo, já que não confiava plenamente em Linda. Cada hora adiada tornava-se um perigo, mas eu estava disposto a esperar.

Mais tarde, o jantar em casa foi como uma repetição do tormento da hora do almoço. Tinha a mesma dificuldade de olhar Linda nos olhos, como ocorrera com Rissen, a mesma sensação de que ela de tudo sabia, a mesma hostilidade pairando no ar entre nós. Os segundos se arrastavam, e eu achava que a empregada nunca iria embora ou que as crianças nunca fossem dormir. Quando finalmente fiquei a sós com Linda, liguei o rádio com o volume alto para evitar espectadores, e nos acomodamos com o alto-falante entre nós e o ouvido-da-polícia.

Não me recordo mais do tipo de propaganda que o rádio divulgava, estava nervoso demais para prestar atenção. Linda não demonstrava o que pensava, nem sobre a conversa nem sobre a minha ansiedade de acomodá-la justamente naquela cadeira. Ela provavelmente compreendia o que estava acontecendo e ouvia tão pouco do rádio quanto eu. Somente quando puxei a minha cadeira para mais perto da sua, ela me olhou com curiosidade.

– Linda! – exclamei. – Quero perguntar uma coisa.

– Sim? – ela respondeu sem se mostrar surpresa.

Eu sempre tivera conhecimento de seu pleno autocontrole. Assim como sempre soubera que, se alguma vez nós dois tivéssemos de travar uma batalha de vida ou morte, ela seria a mais terrível das adversárias. Seria por essa razão que eu não conseguia deixá-la? Estaria eu temeroso do que poderia acontecer? No amor que nutria por ela havia esse sentimento de medo, eu sabia disso muito bem, e fazia muito tempo. Contudo, havia também um sonho de segurança sem limites, um sonho de que justamente aquele meu amor obstinado a obrigasse algum dia a ser minha aliada. Como isso aconteceria e como eu saberia que tinha conseguido, não faço a mínima ideia, era somente um devaneio, tão indefinido e tão distante da realidade como a utopia de uma nova vida. O que eu sabia era que a qualquer momento poderia desperdiçar aquela tão sonhada segurança. De aliados inseguros, poderíamos transformar-nos em implacáveis inimigos, sem que eu tivesse conhecimento disso, sem que nenhum traço em seu rosto ou algum tremor em sua voz a traísse. Mesmo assim, eu deveria ir adiante.

– É naturalmente por pura formalidade que farei a pergunta – continuei, tentando sorrir. – Tenho certeza de qual será a resposta; nunca pensei de outra forma e, se assim fosse, quero que entenda que não me importaria nem um pouco. Então, espero que você me conheça bem assim como eu a conheço.

Enxuguei a testa com o lenço.

– Então? – perguntou Linda, olhando-me com curiosidade.

Seus olhos enormes pareciam holofotes, tão exposto me sentia quando ela olhava para mim.

– Então, não é nada além disso – falei, e agora realmente sorria alegremente. – Você teve uma relação amorosa com Rissen?

– Não.

– Mas você o ama?

– Não, Leo. Eu não o amo.

Não fomos adiante. Se ela tivesse respondido "sim", eu acreditaria imediatamente nela. Mas, como ela havia dito "não", eu não confiava nela nem por um segundo sequer. De que adiantara eu ter perguntado? Ela tinha percebido que eu mentia, que eu me importava muito com a sua resposta. Amanhã ou depois, ela entenderia a intenção da minha pergunta, talvez já soubesse agora, talvez Rissen tivesse lhe contado sobre o perigo que o ameaçava. Observei seu rosto com tanta atenção que até me esqueci de respirar e acabei soltando um suspiro. Meu coração deve ter parado de bater quando julguei perceber um leve movimento, quase imperceptível, um suave arrepio na pele, mas que era um sinal. Eu acreditei mais naquele sinal do que em todas as palavras dela.

– Você não acredita em mim? – perguntou-me, séria.

– Claro que acredito em você – respondi, tentando ser convincente. Se ela pelo menos acreditasse em mim! Poderia incutir-lhe segurança, e o que já era mau não ficaria pior. Mas sentia que ela não se deixaria enganar.

Não pudemos mais continuar. Aquela conversa exigira de mim tanto autocontrole que me deixara exausto e, no entanto, eu nada ganhara com aquilo. Nunca havia sentido aquele abismo entre nós ficar tão aparente, tão real. O meu controle não foi suficiente para ocupar o resto da noite com piadas e conversas supérfluas, mesmo que ainda nos restasse uma hora, pois tínhamos sido convocados para o serviço noturno. Linda também ficou calada, e entre nós se fez um silêncio inquieto que corroía a medula dos ossos.

Aquela hora também acabou passando.

Tarde da noite, retornamos exaustos para casa. Linda adormeceu, enquanto eu permanecia acordado ouvindo sua respiração. De quando em quando, eu caía em um torpor para acordar com um sobressalto, com uma constante sensação de perigo. Podia ser a minha imaginação, pois o quarto estava quieto e Linda dormia tão profundamente quanto antes. Mas eu estava entrando em desespero. Ninguém havia pensado no risco de dormir lado a lado com outra pessoa, dois indivíduos a sós durante uma longa noite sem outras testemunhas além da escuta e da câmera de vigilância da polícia na parede? E nem mesmo isso garantia uma total segurança, porque, em primeiro lugar, nem sempre estavam ligadas e, em segundo, podiam até controlar, mas não impedir que algo acontecesse. Duas pessoas sozinhas, noite após noite, ano após ano, que talvez odiassem uma à outra e, se a esposa acordasse, o que ela não poderia fazer ao marido... Se Linda estivesse sob o efeito da kallocaína...

A ideia me arrebatou como uma onda carrega um pedaço de madeira. Eu não tinha mais escolha, precisava dar continuidade àquilo que começara, como autodefesa, para salvar-me a vida. Tinha de dar um jeito. Era obrigado a encontrar algum pretexto para desviar a pequena quantidade necessária de kallocaína. Linda revelaria seus segredos a qualquer preço.

Ela estaria sob o meu domínio como eu jamais estivera sob o seu. Então nunca teria coragem de me ferir. Assim eu poderia seguir em frente e denunciar Rissen.

Então, ficaria livre.

NÃO DORMI MUITO NAQUELA NOITE, MAS QUANDO SAÍ para o trabalho já havia me livrado da angústia e da indecisão que tinham sido um grande peso nos últimos dias. Estava pronto para agir, e só isso já era um alívio. Nada era mais fácil do que desviar a quantidade suficiente de kallocaína para uma dose. Pequenas quantidades sempre se perdiam durante os experimentos, e as pesagens de controle não eram frequentes, especialmente agora que a pressa tinha atrapalhado a rotina de trabalho. Além disso, quem pesava era Rissen. Bastava ele não ter a infeliz ideia de, entre hoje ou amanhã, surpreender-me com o intuito de fazer um desses controles, e já não teria outra oportunidade. Seu assistente, que poderia vir a ser uma testemunha, provavelmente não pensaria em tal detalhe em meio à confusão. No dia seguinte, eu já estaria seguro. Precisava confiar na minha sorte e na pressa de Rissen.

Naquela noite, cheguei em casa com uma seringa no bolso e uma pequena garrafa cheia de um líquido verde e inofensivo. A sensação de alívio de ter dado os primeiros passos renovava-me as forças. Consegui até mesmo fazer brincadeiras com a empregada e com as crianças durante o jantar. Para Linda somente acenei, mas não desviei meu olhar do dela. Seus olhos ainda eram como holofotes, mas não tão penetrantes quanto o que eu trazia no bolso.

Estávamos convocados novamente para o serviço noturno e fomos nos deitar muito tarde.

Fiquei muito tempo deitado quieto, esperando que ela adormecesse. Quando finalmente tive certeza de que ela dormia, aproximei-me cuidadosamente da luz do abajur e cobri a câmera da polícia. Sobre a escuta, pus um travesseiro, com o mesmo desembaraço que vira Karrek fazer. Naturalmente, isso era proibido, mas eu estava no limite do desespero e, independentemente do que pudesse acontecer, não queria que a polícia vigiasse o que eu tinha planejado.

Linda estava bonita como eu nunca a vira antes, deitada sob aquela luz difusa. Com o braço áureo e nu, tinha puxado a coberta até o queixo, como se tentasse proteger-se, apesar de estar quente no quarto. Sua cabeça estava virada para o lado, fazendo com que seu perfil harmonioso se destacasse contra as sombras do travesseiro. Sua pele cintilava como veludo vivo em contraste com suas pesadas sobrancelhas e os cílios negros. Aquele arco tenso da boca estava agora relaxado, como os lábios macios e cansados de uma menina. Eu nunca a tinha visto tão jovem quando acordada, nem mesmo quando nos conhecemos, e jamais tão comovente. Eu, que costumava temer sua força, quase sentia pena de sua fragilidade infantil e desprotegida. Daquela Linda ali na minha frente eu gostaria de me aproximar de outra maneira, mais terna e cuidadosa, como se nos víssemos pela primeira vez. Eu sabia que, se a acordasse, o arco vermelho da boca se retesaria e seus olhos se transformariam novamente em holofotes. Ela se sentaria rígida e desperta na cama, com uma ruga entre as sobrancelhas, e descobriria a toalha e o travesseiro na parede. E se eu quisesse realmente me aproximar dela, oferecendo-lhe amor para disfarçar a minha desconfiança, de que isso me serviria? Um momento ilusório de afinidade, um arrebatamento que não mais existiria amanhã, e eu nem mesmo saberia o que ela sentia por Rissen.

Comecei o procedimento amordaçando sua boca com um lenço, para que não gritasse durante a luta. É claro que ela acordou e tentou se libertar, mas eu, além de ser muito mais forte do que ela, tinha algumas vantagens ao meu lado. Não foi difícil mantê-la imobilizada enquanto amarrava suas mãos e pés para que não escapasse, pois eu precisava ter as minhas mãos livres.

Ela estremeceu quando lhe apliquei a dose, mas ficou imóvel em seguida. Tinha percebido que era inútil resistir.

Contei os oito minutos necessários para que a droga agisse. Assim que o tempo passou, soltei a mordaça. Percebi em seu rosto que a fórmula fizera efeito. Ela estava com a mesma expressão de menina que tivera durante o sono.

– Sei o que você está fazendo – disse ela, pensativa, e sua voz tinha o mesmo tom infantil da sua expressão facial. – Você quer saber algo. O que é? Há muito que você deveria saber. Tenho muito a dizer. Não sei por onde começar. Era a minha vontade, não precisava me forçar. Mas de outra forma talvez eu nunca tomasse a iniciativa. Tem sido assim todos esses anos. Há algo que quero dizer ou fazer, mas não sei o que é. Talvez seja uma quantidade de pequenas coisas, gentileza, conforto, carinho e, como eram coisas impossíveis, aquilo que é grandioso e importante também se tornou impossível. Uma única coisa eu sei, *isto* eu sei mesmo: queria matá-lo. Se tivesse a certeza de nunca ser descoberta, eu o mataria. Não me importo de ser descoberta, ainda farei isso. É melhor do que continuar assim. Eu o odeio porque você não pode salvar-me disto aqui; eu o teria matado se não tivesse medo. Agora tenho coragem. Mas não enquanto puder falar com você. Nunca pude falar com você. Você tem medo, eu tenho medo, todos temos medo. Sozinhos, totalmente sozinhos, e ainda assim contentes, como quando éramos jovens. É terrível. Não pude falar com você sobre as crianças nem da falta que sinto de Ossu, ou do medo que sinto ao pensar que um dia Maryl e Laila também irão embora. Achava que você me desprezaria. Pode me desprezar agora, não me importo. Queria ser jovem de novo, infeliz no amor em vez de feliz. Você não sabe como é invejável ser jovem e infeliz no amor, apesar de que só passamos a compreender isso mais tarde, não é? Quando se é uma jovem mulher, acredita-se que há algo, uma liberdade que vem acompanhada do amor, uma espécie de refúgio junto àquele que se ama, uma espécie de calor, de repouso, algo que não existe. Infeliz no amor – assim é possível viver e sofrer intensamente o desespero, justamente porque *eu* não tive a grande felicidade justamente com *você*. Então achamos que os outros conseguiram ser felizes, que há essa felicidade, e que ela pode ser conquistada. Você tem de entender que, quando há tanta alegria no mundo e quando toda sede é sede de algo, não é desesperador nem mesmo ser infeliz. Mas ser feliz no amor nos empurra para um vazio. Não existe nenhum objetivo, resta apenas a solidão; e por que existiria algo mais, por que haveria um sentido para nós, indivíduos? Eu o amei muito, Leo, mas você nunca enxergou isso. Acho que poderia matá-lo agora mesmo.

– E Rissen? – perguntei rouco, temendo que aqueles preciosos minutos passassem sem que eu ficasse sabendo o que queria. – O que você acha de Rissen?

– Rissen? – ela repetiu, pensativa. – Sim, Rissen... Havia algo diferente com ele. O que era? Ele não era tão distante como todos os outros. Ele não assustava ninguém, tampouco tinha medo.

– Você o amava? Você ainda o ama?

– Rissen? Se eu o amava? Não, não e não. Se eu ao menos pudesse fazê-lo! Ele era somente diferente dos outros. Próximo. Tranquilo. Seguro. Diferente de você e diferente de mim. Se um de nós fosse como ele, ou nós dois, Leo... Teria sido você. Por isso quero matá-lo, apenas para poder escapar, porque nunca haverá outro no seu lugar, e tampouco será você.

Ela começou a ficar agitada e a franzir o cenho. Eu não tivera coragem de trazer mais kallocaína do que o necessário para uma dose, teria sido muito perigoso. Agora eu não sabia o que lhe perguntar.

– Como pode ser assim? – murmurou, angustiada. – Como pode alguém procurar por aquilo que não existe? Como é possível que alguém esteja à beira da morte, mas com saúde, quando tudo é...

Sua voz foi se reduzindo a um leve murmúrio, e, pela cor esverdeada de seu rosto, vi que estava despertando. Coloquei a minha mão em sua nuca, apoiando-a, e levei o copo até seus lábios. Ela ainda estava amarrada, nem tinha dado atenção a esse fato durante o período em que esteve sob o efeito da kallocaína. Resolvi soltá-la, mas temia o que ela podia fazer quando estivesse livre. Todo o tempo eu aguardara esse momento com um misto de ansiedade e triunfo, o instante em que ela seria abalada pelo remorso e pela vergonha por suas confissões mais íntimas terem sido reveladas. Eu percebia que a minha mão tremia, e não podia manter a cabeça apoiada. Então, aconcheguei-a novamente sobre o travesseiro e fiquei olhando fixa e ansiosamente para sua expressão relaxada.

Contudo, a reação que eu esperava não aconteceu. Quando ela abriu os olhos, eles pareciam muito pensativos, mas tão tranquilamente abertos como de costume, e encontraram os meus sem desviar o olhar. Sua boca me assustou. O arco vermelho não parecia querer voltar à sua forma tensa, estava cada vez mais relaxado e solto, fazendo seu rosto continuar a ter aquela expressão infantil que tivera durante o sono. Eu não sabia que poderia haver uma solenidade assustadora em semelhante falta de controle. Os lábios moviam-se lentamente, como se ela repetisse as palavras para si mesma. Eu nada tinha a lhe dizer, não podia incomodá-la, fiquei apenas parado observando atentamente o seu rosto.

Linda acabou adormecendo, mas permaneci ao seu lado, vigiando-a. Ela já dormia, e eu resolvi me despir em silêncio e também tentei dormir, mas não consegui. Uma vergonha e um grande arrependimento tomavam conta do meu ser. Tinha a sensação de que o interrogado que fizera sérias revelações era eu, e não ela. Eu sabia que, independentemente do que ela fosse confessar, estaria sob o meu domínio de uma maneira diferente de agora em diante. Quando ela acordasse, perceberia que revelara segredos proibidos, e que eu tinha como ameaçá-la se ela tentasse virar minha inimiga. Talvez ela já fosse minha inimiga, porém sem meu conhecimento. A ameaça de matar-me... eu já ouvira outras similares muitas vezes no trabalho e sabia que raramente se cumpriam, mas talvez fosse perigoso para ela. Era possível que eu a tivesse em minhas mãos, era possível que tudo tivesse saído como eu havia planejado.

Havia, no entanto, um porém: eu jamais conseguiria tirar vantagem da situação. Tudo o que ela dissera saíra de mim mesmo. Eu estava doente, arrasado e, por essa razão, ela precisara apenas usar a si mesma como um espelho para refletir tudo o que eu sentia. Eu não poderia imaginar que ela, com seus lábios tensos, com o seu silêncio e o seu olhar penetrante, era formada das mesmas fraquezas que eu. Como poderia ameaçá-la, como poderia obrigá-la, nessas circunstâncias?

Depois de ter dormido poucas horas, acordei cedo demais. Linda ainda dormia. As experiências da noite anterior esclareceram-se para mim no momento em que despertei, mas ainda uma sensação de ansiedade me roía. Em seguida descobri o que era: Rissen. Era o dia.

Eu sentia vontade de adiar tudo, mas não encontrava motivos para a minha inércia. *Esse* problema hoje não era o mesmo de ontem? Rissen era o mesmo. Não era e nunca tinha sido por ele ser eventualmente meu rival que eu queria me livrar dele. A minha repulsa por ele era ainda mais profunda. Só parecia mais leve hoje, seja lá por qual razão. Mas, se eu não agisse naquele momento, estaria traindo a mim mesmo. Eu tinha, por mera coincidência, um tempo livre para que pudesse formular a minha denúncia antes que Linda despertasse, e *uma* coisa positiva aquela noite me revelara: eu sabia que ela não pertencia a Rissen, mas a mim.

Sob a luz fraca do abajur, escrevi um rascunho da minha denúncia. O motivo principal era uma coisa simples, algo que eu já tinha muitas vezes maquinado em minha cabeça. Tudo o que eu tinha dito a Karrek de forma geral eu repetia agora com clareza e convicção. Ainda tinha muito tempo, e sentado na cama passei a limpo a denúncia, usando a *Revista Química* como apoio e com tamanho capricho que até usei a caneta-tinteiro. Meu nome e o endereço seguiam logo abaixo, pois era uma exigência, e em um envelope escrevi o endereço da polícia. Fiquei lendo e relendo o que escrevera durante uns 45 minutos, questionando-me sobre o que fazer com novas dúvidas e hesitações que passara a sentir. Permaneci nesse estado até que o despertador do vizinho tocou, lembrando-me que chegara a hora, então desenhei o sinal secreto de Karrek em um canto, como já havia feito inúmeras vezes em meus pensamentos; coloquei a denúncia dentro do envelope e acomodei-o no meio da revista.

Linda acordou ao ouvir o nosso despertador. Olhamos um para o outro como se a noite anterior não tivesse passado de um sonho. Antes que tudo acontecesse, eu imaginara uma manhã completamente diferente, na qual eu sairia como vitorioso juiz, anunciando as minhas condições de vencedor para uma Linda desprotegida e alquebrada, que deveria pedir perdão e misericórdia. Mas não foi assim.

Nós nos levantamos, nos vestimos e comemos em silêncio. Tomamos o elevador e nos separamos na estação de metrô. Quando me virei para ver se ela desaparecera, percebi que ela fazia o mesmo, acenando para mim. Estremeci. Será que pretendia me inspirar segurança para mais tarde se vingar? Por algum motivo, distante de todo e qualquer bom senso, eu não acreditava nisso. Em seguida, assim que ela despareceu no metrô, dei meia-volta e coloquei o envelope na caixa de correio.

Era estranho aquele pequeno sinal no canto do documento. Eu conhecia Karrek bem o suficiente para saber que ele acabaria com a raça de Rissen. No meio da rua, entre o burburinho de camaradas soldados que se apressavam para os exercícios matutinos e para o trabalho, eu me vi imóvel por um instante, perturbado pela repentina consciência de poder. Eu poderia repetir a minha manobra a qualquer momento, desde que não fosse de encontro aos interesses pessoais de Karrek, que sacrificaria uma dúzia de vidas em troca do favor que eu lhe prestara. Eu tinha esse poder.

Já falei anteriormente sobre a escada que eu via como símbolo da vida. Era uma imagem inocente e até ridícula. Um garoto de escola passando de ano, a promoção de um honesto funcionário na carreira. Com algum sentimento de asco eu tinha chegado, repentinamente, a outro patamar. Não que me faltasse imaginação para me ver em graus mais altos do que estar nas graças do chefe de polícia da Cidade Química nº 4. Eu tinha criatividade o suficiente, dispunha de material para construir se quisesse chegar a maiores alturas e novos panoramas, tais como a carreira militar, os ministérios da capital, Tuareg e Lavris. Aquele pouco de poder que via agora à minha frente servia como símbolo. E isso me repugnava.

É claro que era correto e desejável que uma criatura nociva como Rissen fosse eliminada. Não era essa a questão. Mas qual seria o limite de ideias de extermínio como aquelas era o que me deixava incerto. Fazia alguns dias parecera-me tão simples. Bastava matar Rissen e estaria livre dele, assim como eliminaria o Rissen que havia em mim, pois ele dependia do outro, do Rissen de carne e osso. Matando Rissen, eu voltaria a ser um camarada soldado, uma célula feliz e saudável do organismo do Estado. Desde então, algo ocorreu, algo que me deixou inseguro: foram os acontecimentos noturnos – o meu fracasso com Linda.

Eu não podia esconder de mim mesmo que fora de fato um *fracasso*. Reconheço que fiquei sabendo o que queria: ela não estava no meu caminho quando tomei a decisão sobre Rissen. Na verdade, no fundo, eu não temia nenhuma vingança de sua parte, pois Linda, quando tudo veio à tona, estava tão envolvida e ligada a mim quanto eu a ela. A verdade era que eu a tinha sob o meu domínio, pois estava na posse de segredos que ela não queria ver expostos. Tudo isso era verdade. Portanto, não se tratava de um fracasso se eu considerasse somente os objetivos limitados que eu definira para mim. Mesmo assim, era um fracasso completo e atroz de uma forma mais ampla.

As palavras dela sobre a invejável infelicidade amorosa soaram-me como os sonhos românticos de uma jovem, porém tinham uma verdade que podia muito bem ser aplicada na minha relação com Linda. De algum modo, meu casamento fora um amor infeliz. Correspondido, sim, mas infeliz. Em um rosto sério, em lábios arqueados e tensos, em olhos muito abertos, eu havia sonhado com um mundo secreto que saciaria a minha sede, que aliviaria minhas preocupações, que me proporcionaria uma segurança permanente, por todos os tempos, bastava que eu soubesse como obter tudo isso. E agora... agora, eu tinha penetrado violentamente até onde era possível, obrigando Linda a dar-me aquilo que ela não queria e, apesar disso, a minha sede ainda era a mesma, a minha preocupação e insegurança eram maiores do que nunca. Se houvesse algum equivalente ao meu tão sonhado mundo, seria inacessível, apesar de todos os meus esforços. E, como Linda, eu estava pronto para desejar retornar à minha invejável ilusão, quando ainda acreditava que o paraíso por trás dos muros podia ser conquistado.

Que conexão isso tinha com a minha repulsa pelo poder era difícil de ser explicado, mas eu sabia que havia uma conexão. Eu supunha que, se matasse Rissen, meu ato seria apenas em vão. Assim como alcançara o que pretendia com Linda, ficara sabendo daquilo que queria e mesmo assim fracassara tão completamente que, sem exagerar, poderia até mesmo falar de desespero, também poderia chegar aonde pretendia com Rissen – a uma condenação, a uma execução – e ainda assim sentiria que não me movera um centímetro sequer na direção daquilo que almejava. Pela primeira vez na minha vida eu sabia onde havia poder, sentia-o em minhas mãos como uma arma – e estava desesperado.

CORRIAM BOATOS NA DELEGACIA. NINGUÉM SABIA DE nada, ninguém havia dito nada comprometedor, mas todos tinham ouvido o que se sussurrava nas escadas e corredores, quando não havia testemunhas por perto: "Tuareg, o próprio ministro da Polícia, vocês ouviram, está preso, talvez não passe de boato, mas foi preso por atos subversivos ao Estado... *Shh*".

Eu me perguntava o que Karrek achava disso, ele, que era tão próximo de Tuareg e estava tão ansioso para que a nova lei fosse logo promulgada. Será que ele estava sabendo disso? Talvez tivesse sido ele mesmo que...?

Eu nada tinha a ver com esses boatos, então mergulhei no meu trabalho.

Na hora do almoço, não evitei o olhar de Rissen. Se ele pretendia me descobrir, já era tarde demais para evitar o golpe. Eu tinha uma sensação estranha de que ele não era real. Aquilo ali sentado à mesa, que assoava o nariz no lenço, tão palpável e ruidoso, era uma espécie de miragem, uma imagem espelhada inofensiva de um princípio do mal que queria viver. Eu tinha dado o primeiro golpe, e no momento seguinte o golpe atingiria a imagem no espelho. Ainda assim eu tentava convencer a mim mesmo de que era exatamente a mesma coisa.

Foi apenas quando estava a caminho de casa que a sensação modorrenta de sonho passou. Os meus pés ficaram pesados quando pensei que teria de rever Linda. Eu tinha uma noite de folga pela frente e logo ficaríamos a sós, cara a cara. Eu não sabia como suportaria.

E então chegou a hora. Ela deve ter ficado à espera. Hoje era ela quem puxava as cadeiras e ligava o rádio; mas nós não escutávamos nada do programa, assim como na noite anterior.

Ficamos sentados em silêncio por um bom tempo. Eu buscava algum sinal em seu rosto, parecia-me que ela pensava em algo por trás daquela tranquilidade, mas continuava calada. E se eu tivesse me enganado? E se as minhas apreensões de hoje de manhã fossem confirmadas?

– Você me denunciou? – perguntei com a voz embargada.

Ela fez que não com a cabeça.

– Mas você pretende me denunciar?

– Não, Leo. Não, não.

Em seguida, ela se calou novamente, e eu não tinha nenhuma pergunta a lhe fazer. Não sabia como suportaria. Finalmente, fechei os olhos e me recostei na cadeira, submisso a algo desconhecido, porém inevitável. Em minha memória, surgiu a imagem de um jovem que tivemos sob o efeito da kallocaína. Ele foi o primeiro a falar das cerimônias secretas da seita de loucos. Dissera algo sobre o ato terrível de calar-se, sobre como ficava exposto e desamparado quando deixava de falar, e agora eu o compreendia muito bem.

– Preciso falar com você – ela disse finalmente, com dificuldade. – Tenho muito a dizer e quero que ouça. Você quer?
– Sim – disse eu. – Linda, eu a machuquei.

Ela deu um leve sorriso trêmulo.

– Você me abriu como uma lata de conserva, com violência – disse ela. – Mas isso não é o suficiente. Depois percebi que devo morrer com a vergonha ou continuar a viver. Posso continuar? Você quer mais de mim, Leo?

Eu não conseguia responder. A partir dali não posso mais descrever o que acontecia dentro de mim, já que todo o meu ser estava concentrado em ouvir. Tenho a convicta opinião de que até então eu nunca escutara em toda a minha vida. O que anteriormente eu chamara de escutar era algo completamente diferente. Meus ouvidos tinham feito a sua parte, desconectados dos meus pensamentos, e a minha memória registrara tudo de forma exemplar, mas o meu interesse estivera em outro lugar qualquer. Agora, eu nada sabia além daquilo que ela me contava. Eu fui absorvido naquilo, eu *era* Linda.

– Você já sabe alguma coisa sobre mim, Leo. Você sabe, por exemplo, que tive o sonho de matá-lo. Na noite anterior, quando toda a vergonha e o medo passaram, achei que conseguiria fazê-lo, mas agora sei que não consigo. Só posso ter sonhos desesperadores. Não creio que seja o medo de ser condenada que me detenha, talvez possa explicar mais adiante. Há algo que quero lhe dizer agora. Quero falar das crianças e do que descobri sobre elas. E é um assunto longo. Eu nunca tive coragem de falar sobre isso. Vou começar pelo princípio, com Ossu.

"Você se lembra de quando engravidei de Ossu? Que desejávamos o tempo todo que fosse um menino? Eu não sei se apenas pegou carona na minha fantasia, mas pelo menos você disse que achava que seria um menino. Você sabe que eu ficaria muito ofendida se fosse uma menina, teria entendido isso como uma traição contra mim, uma camarada soldado tão leal. Eu teria morrido alegremente se tivessem inventado um meio que tornasse as mulheres desnecessárias. Eu encarava as mulheres como um mal necessário. Fiquei sabendo que nós, oficialmente, éramos vistas como seres tão valiosos ou quase tão valiosos quanto os homens, mas, por outro lado, era somente porque podíamos dar à luz outros homens e outras mulheres que, mais tarde, também gerariam outros homens. Por mais que isso doesse na minha vaidade (todos querem se sentir um pouco... não, não é verdade, todos querem se sentir muito valorizados), por mais que me doesse, assumi que não *valia* tanto. As mulheres não *são* tão boas quanto os homens, dizia para mim mesma, não temos tanta força física, não podemos levantar tanto peso, não resistimos tanto às bombas, os nossos nervos não suportam tanto em um campo de batalha. Em geral, somos piores guerreiras, piores camaradas soldados do que os homens. Somos apenas um meio de produção de guerreiros. Botar as mulheres no mesmo nível oficial é mera cordialidade, todos sabem, é para deixá-las contentes e satisfeitas. Talvez no futuro, creio eu, chegue um tempo em que ficará comprovada a falta de necessidade das mulheres, então guardarão somente os nossos óvulos e jogarão todo o resto na cloaca. Assim o Estado todo será formado apenas por homens, e não se desperdiçará dinheiro nem com a instrução nem com a alimentação de meninas. Às vezes dá uma sensação estranha de vazio ter o conhecimento disso, de que somos somente um depósito, ainda necessário e dispendioso. Então, até agora fui honesta em reconhecer tudo, e não seria uma *grande* decepção se, pela primeira vez que fosse dar à luz, saísse de mim um outro depósito? Mas não foi assim, Ossu foi o nosso primogênito, um menino que se transformará em um homem, e quase havia algum sentido para o meu ser. Tão leal eu era naquele tempo, Leo.

"Sim, eu o vi crescer, começar a andar, e engravidei de Maryl. Depois que parei de amamentá-lo, eu o via apenas pela manhã e durante a noite, antes que eu saísse para o trabalho de manhã e quando voltava para casa à noite, mas era tão estranho. Eu sabia com certeza que ele pertencia ao Estado, que estava sendo educado na área infantil o dia todo para se tornar um camarada soldado e que, mais adiante, a mesma educação teria continuidade no campo de crianças e no campo de jovens. Além da herança genética, que sei que é importante – e muito bem estruturada no nosso caso, até o ponto em que isso pode ser controlado –, mas tampouco é "nossa propriedade", pois a herdamos de outros antes de nós, estava claro para mim que o futuro dele dependia dos chefes na área das crianças, assim como nos campos infantil e juvenil, do exemplo que eles dariam e das regras determinadas por eles para sua educação. Mesmo assim, não pude deixar de perceber certas expressões divertidas, que reconheci como sendo suas ou minhas. Reparei na maneira como ele franzia o nariz e pensava: 'Que engraçado, eu fazia isso quando era pequena!'. Dessa forma, eu retornei à vida através do meu filho. Era uma sensação de orgulho, pois nele eu estava quase sendo criada para ser um homem! A risada dele lembrou-me a sua, e assim quase pude fazer parte da sua infância. A forma como ele vira a cabeça. Você sabe, e algo no formato dos olhos... Não era nada de esquisito, mas tudo junto me deu a sensação criminosa de ser sua proprietária. 'Vê-se que ele é nosso...', pensei, '... filho', acrescentei, sentindo-me culpada porque sabia que não era um sentimento de lealdade. Não era isso, mas estava ali. Ele foi ficando cada vez mais forte em comparação com aquela que eu carregava na barriga. Você deve, talvez, estar lembrado de como o nascimento de Maryl foi complicado e demorado. Deve ser uma superstição, mas acreditei na época, e ainda não me esqueci, que talvez tenha sido assim porque eu, inconscientemente, não queria deixá-la sair de dentro de mim. Quando Ossu nasceu, eu era uma mãe de acordo com o espírito do Estado, apenas alguém que dá um filho ao Estado. Quando Maryl nasceu, eu era uma fêmea egoísta, que fazia uma criança para si mesma e achava que tinha direitos sobre ela. Minha consciência me disse que eu estava enganada, que essas ideias não existem, mas nenhum sentimento de culpa ou vergonha conseguiu afastar aquele egoísmo que despertara dentro de mim. Se eu tiver tendências para a dominação – admita, Leo!, elas não são das maiores, mas existem –, elas surgiram desde o nascimento de Maryl. Nos breves momentos em que Ossu esteve em casa, eu mandava nele, dominava-o o máximo que eu podia, para sentir que ele era meu. Ele me obedecia – pois se há algo que se aprende na área das crianças é obedecer ordens, e eu sabia bem disso, pois faz parte da vontade do Estado e da educação dos camaradas soldados. Mas era apenas um pretexto meu, e não a minha maneira de preparar Ossu para o Estado. Era uma tentativa de exercer o meu direito de propriedade durante o pouco tempo em que ele estava na nossa casa.

"Quando Maryl nasceu, eu mesma me surpreendi com a minha calma em relação ao fato de ela ser uma menina; estava até mesmo satisfeita com isso. Ela não pertencia tanto ao Estado quanto um menino, era mais minha, mais eu, pois era uma garota.

"Como posso descrever o que senti depois? Você sabe, Maryl sempre foi uma criança diferente. Nem parecida comigo nem com você. É possível que algum antepassado tenha aparecido em sua personalidade, mas eu ainda não sabia que isso vinha de longe. Ela era simplesmente Maryl. Parece tão simples, mas era tão estranho. Ela parecia ver as coisas de uma maneira própria, antes mesmo de aprender a falar. Bom, você sabe, ela é muito especial.

"Percebi que minha possessividade tinha desaparecido. Maryl não era minha. Eu ficava muito tempo ouvindo-a cantar para si mesma, lendo, ou ainda, como vou dizer?, contando histórias fantásticas de sonhos que ela nunca havia aprendido na área das crianças. Mas de onde as conhecia? Histórias fantásticas não são transmitidas geneticamente para aparecer em gerações posteriores. Ela tinha uma melodia própria, que não tinha sido ensinada por nós, tampouco na área infantil. Você compreende como esses pensamentos me deixaram confusa e assustada? Ela era Maryl. Era diferente de todos os outros. Não era uma peça fácil de ser moldada, para que eu, você ou o Estado pudéssemos moldá-la à nossa vontade. Não era minha propriedade ou criação. Eu estava completamente fascinada pela minha filha, de uma maneira nova, assustadora e estranha. Quando ela estava perto de mim, eu ficava calma e cautelosa. Então compreendi que Ossu também era especial, mas ele já era maior e sabia se esconder. Eu me arrependi de ter sido tão egoísta com ele e o deixei finalmente em paz. Aquele foi um tempo cheio de questionamentos e emoções na minha vida.

"Então descobri que uma nova vida estava a caminho. Nada mais natural, mas para mim foi algo apavorante. Dizer que eu estava com medo não é a expressão correta. Não temia que algo me acontecesse, nem o parto nem nada. Estava apavorada porque tinha entendido tudo pela primeira vez. Seria o meu terceiro filho, e somente então eu compreendia realmente o que era dar à luz. Eu não me via de outra forma senão como uma dispendiosa máquina de produção. Eu tampouco era uma proprietária gananciosa. O que era, então? Não sei. Era alguém que não controlava o que acontecia e assim mesmo enchia-me de êxtase por cumprir minha função. Dentro de mim um ser era gerado, já com suas feições, com suas individualidades, e eu não podia modificá-lo... Eu era um galho florescendo, ainda que não soubesse nada sobre minhas raízes ou sobre minhas origens, sentia como a seiva vinha de profundidades desconhecidas...

"Eu precisava lhe contar tudo isso, mas não sei se você me compreende. Quero dizer, se você compreende que há algo abaixo e por trás de nós, que nasce em nós. Sei que não se pode dizer isso, porque pertencemos somente ao Estado. Digo isso apenas para você. De outra forma, todo o resto não faz o menor sentido."

Ela se calou, e eu fiquei ali em silêncio, mas sentindo que queria gritar. Ali estava tudo aquilo contra o que eu sempre lutara, pensei, como se estivesse sonhando. Tudo que eu combatera, temera e desejara.

Ela nada sabia sobre os loucos e sobre a Cidade Deserta e mesmo assim também cairia impiedosamente como eles, ela, que sonhara com um sistema diferente daquele que o Estado oferecia. Eu já não sentia aquela conexão, sem leis e inevitável, entre ela e eu?

Eu tremia dos pés à cabeça. Queria dizer: sim, sim! Seria um grande alívio, como quando uma pessoa exausta finalmente pode ir se deitar. Eu estava fora de órbita, em um sistema que me sufocava, mas que me salvaria.

Meus lábios lutavam com as palavras que não existiam e que não deveriam ser ditas. Queria ir embora, queria agir, libertar-me e começar tudo novamente. O mundo acabara para mim, não havia onde viver. Nada além da firme conexão entre mim e Linda.

Aproximei-me dela, me ajoelhei e descansei a cabeça sobre suas pernas.

Ignoro se alguma pessoa já fez isso antes ou se alguém o fará outra vez. Nunca tinha ouvido falar disso. Sabia apenas que era obrigado a fazer e que continha tudo o que eu queria dizer, mas não conseguia.

Ela deve ter compreendido. Pousou a mão sobre a minha cabeça. Ficamos assim por muito, muito tempo.

TARDE DA NOITE, LEVANTEI-ME E DISSE:

– Tenho de salvar Rissen! Eu o denunciei.

Ela não fez nenhuma pergunta. Corri até o porteiro, acordei-o e pedi para usar o telefone do prédio. Quando ouviu que se tratava de uma ligação para o chefe de polícia, ele não fez oposição.

Qualquer contato com Karrek era impossível: ele tinha dado ordens explícitas de que não deveria ser incomodado por nada durante a noite. Depois de muitas dificuldades e correrias para lá e para cá, finalmente consegui falar com um guarda sensato por telefone e me acalmei, pois nenhum assunto poderia ser decidido àquela hora. Se eu quisesse me encontrar com o chefe de polícia uma hora antes do expediente de trabalho de manhã cedo, o guarda poderia informá-lo, e eu deveria aguardar para ver se ele me receberia.

Voltei para Linda.

Ela continuava sem perguntar nada. Não sei se porque compreendia tudo muito bem ou porque esperava que eu fosse lhe contar alguma coisa. Mas eu não conseguia falar. A minha língua sempre fora uma ferramenta ágil e confiável, mas no momento recusava-se a colaborar. Assim como eu acabara de escutar pela primeira vez na minha vida, sabia que se quisesse falar agora deveria ser de uma forma nova, mas eu não estava maduro o suficiente para tanto. As partes de mim que desejavam falar nunca tinham formado uma palavra sequer. Tampouco precisavam. Eu já tinha dito o que devia – e Linda havia me entendido –, então eu deitara a cabeça sobre suas pernas.

Ficamos calados novamente, mas era um silêncio diverso daquele anterior que havia me afligido. Agora estávamos esperando pacientemente juntos; havíamos superado o pior.

De noite, quando nenhum de nós conseguia dormir, Linda disse:

– Você acha que mais pessoas passaram por isso? Talvez entre os seus examinados. Preciso encontrá-los.

Pensei naquela pálida e frágil mulher cuja confiança ilusória eu abalara com um prazer invejoso. Que amarga suspeita ela teria agora? Pensei na seita de loucos, que fingia dormir entre os homens armados. Estavam todos na prisão àquela altura.

Mais tarde, ela disse:

– Você acha que há outros que passaram por isso? Que entenderam o que significa dar à luz? Outras mães? Ou pais? Ou amantes? Que antes não tinham coragem de dizer o que viram, mas que ousaram quando outra pessoa teve a audácia? Preciso encontrá-los.

Pensei na mulher de voz profunda, que falara do orgânico e do organizado. Mesmo se tivesse escapado da prisão, eu ignorava onde ela poderia se encontrar.

Bem mais tarde, ela falou, como se acordasse no meio de um sonho:

– Talvez venha a nascer um novo mundo dessas mães, sejam homens ou mulheres, que tenham tido filhos ou não. Mas onde estão essas pessoas?

Despertei de vez e pensei em Rissen, que soubera o tempo todo o que havia dentro de mim e ficara procurando, até que eu o entregasse à morte. Soltei um gemido alto e aconcheguei-me junto a Linda.

UMA HORA ANTES DO EXPEDIENTE DE TRABALHO, EU me encontrava na delegacia. Karrek me recebeu.

Percebi que era um grande favor de amigo ele ter se levantado assim tão cedo para receber-me sem saber qual era o motivo da minha visita. Ele, provavelmente, esperava por algo totalmente diferente, por alguma revelação de espionagem ou algo do tipo.

– Eu... eu coloquei aquele sinal no... – comecei a falar, gaguejando.

– Não sei de sinal algum – disse ele calma e friamente. – Do que o senhor está falando, camarada soldado Kall?

Compreendi que ele temia ter testemunhas. Em uma delegacia também há fios nas paredes, escutas e câmeras. Deve haver ocasiões em que até mesmo o chefe de polícia tem de tomar cuidado. Lembrei-me dos boatos sobre Tuareg.

– Eu me equivoquei – disse (como se fosse ajudar em alguma coisa!). – Quero dizer, enviei uma denúncia e gostaria de cancelá-la.

Com uma expressão muito séria, Karrek fez uma ligação, pedindo que lhe trouxessem uma pilha de papéis, entre os quais procurou a minha denúncia. Deixou que eu esperasse bastante, antes de me olhar com malícia nos olhos.

– Impossível – disse ele. – Mesmo que o acusado ainda não estivesse preso (e ele já está), a polícia não pode deixar de levar em conta uma denúncia tão bem fundamentada. Não é possível aceitar o seu pedido.

Olhei para o seu rosto inexpressivo e controlado. Ele só poderia estar sendo vigiado, por isso não podia se mostrar indulgente ao meu pedido, especialmente depois da minha introdução desequilibrada. Ou ainda... eu já havia caído em desgraça. Que utilidade teria para Karrek um subordinado traidor?

De qualquer jeito, era impossível no momento levar uma conversa séria com o chefe de polícia.

– Assim sendo – eu disse –, só posso implorar para que ele não seja condenado à morte.

– Esse tipo de decisão não é da minha alçada – respondeu Karrek com frieza. – A condenação dele depende totalmente do juiz. A única coisa que posso lhe dizer é que o caso já foi encaminhado para determinado juiz, mas não creio que eu tenha o direito de informar-lhe o nome, pois seria uma ação criminosa tentar influenciar o juiz previamente.

Senti as pernas fraquejarem e precisei me agarrar à mesa para não cair. Karrek não notou nada, ou fingiu não notar. Desesperado, pensei: ele está sendo vigiado e não se atreve a demonstrar a antiga amizade, mas talvez me ajude em segredo mais tarde. Tudo isso não passa de uma encenação. Sempre pude confiar nele.

Endireitei a minha postura, vi o sorriso maldoso de Karrek e o ouvi dizer educadamente:

– Talvez seja do seu interesse saber que será o senhor quem aplicará a injeção de kallocaína no caso Edo Rissen.

O senhor é a pessoa mais indicada, já que o responsável se encontra na posição de acusado. Poderíamos mandar um dos participantes do curso fazê-lo, mas achamos melhor dar ao senhor essa honra.

Mais tarde, passei a suspeitar de que isso não fosse verdade, que Karrek tivera aquela ideia repentina de me obrigar a participar talvez por querer que eu retomasse a ordem e a energia, ou simplesmente para me maltratar.

No final, acabou acontecendo como ele havia dito. Depois do intervalo da tarde, fui convocado para participar da investigação do caso Edo Rissen. Precisei dar uma ocupação satisfatória para os participantes do meu curso. Eu tivera uma manhã tão caótica que estive prestes a interromper os trabalhos, alegando que estava doente. Apesar de tudo, consegui me manter em pé, e isso se justificava pelo fato de eu *querer* estar presente ao interrogatório e ao julgamento de Rissen; não tanto para influenciar o curso do processo – não acreditava que isso fosse possível de qualquer modo –, mas para, pela última vez, ver e ouvir o homem que eu tanto temia e a quem eu pensava odiar tanto.

Na sala de interrogatório, já havia um agrupamento de pessoas aguardando. Eu reconheci o militar de alta patente que desempenhava a função de juiz e vi os dois secretários sentados, olhando fixamente para seus blocos de anotações ainda vazios. Ao lado do juiz, estavam pessoas em uniformes militares e policiais, provavelmente conselheiros especializados nas mais diversas áreas, tais como psicólogos, especialistas em ética estatal, economistas, entre outros. Em um semicírculo em frente, estavam os próprios participantes do curso de Rissen, trajando uniformes de trabalho. No começo, enxerguei seus rostos como manchas difusas cor de pele naquela confusão de uniformes. Em seguida, tive a ideia de observar como eles reagiam. Com muito esforço, concentrei-me em alguns poucos rostos, mas eles mais se pareciam com máscaras. Acabei deixando-os de lado, e eles voltaram a ser aquela mancha difusa de antes. No mesmo instante, a porta se abriu, e Rissen foi conduzido algemado para dentro da sala.

Ele olhou em volta, sem fixar o olhar em ninguém em especial, nem mesmo em mim. E por que olharia para mim? Ele não tinha como saber que eu o havia delatado ou que eu devorava todos os seus movimentos e expressões em um desespero faminto. Um vislumbre de esperança atravessou-me. Talvez não apenas eu, talvez mais alguém estivesse ali sentindo o mesmo desespero faminto por trás da máscara? Talvez fôssemos muitos?

Assim que se acomodou na cadeira, tão casual e civil como era seu costume – ele quase desapareceu, apesar de sua presença física, talvez porque sentisse que não era mais importante do que um objeto, uma árvore ou um animal –, ele fechou os olhos e sorriu sutilmente. Era um sorriso de desamparo e cansaço, que não se dirigia a ninguém, como se ele soubesse de sua solidão e a apreciasse, buscando paz, assim como um cansado viajante nas montanhas congeladas procura repouso no gelo, mesmo sabendo que esse poderá ser seu último sono. Enquanto a kallocaína fazia efeito, o seu sorriso desamparado espalhou-se sobre o rosto enrugado. Apesar da demora para que ele começasse a falar, não se podia desviar o olhar de sua face. Onde eu estava, que nunca havia percebido a dignidade única daquele homem enquanto civil, que eu sempre julgara como um ridículo? Uma dignidade completamente distinta daquela rígida dignidade militar, justamente porque consistia em uma completa indiferença no modo como ele agia. Quando abriu os olhos e começou a falar, tinha-se a impressão de que ele poderia estar sentado em uma cadeira qualquer, olhando para a luz branca do teto e falando sem uma única gota de kallocaína no corpo, sob as mesmas condições de agora, pois o medo e a vergonha que nos calavam tinham nele sido devorados pela solidão e pela desesperança. Eu mesmo poderia ter pedido que falasse, e ele talvez o fizesse voluntariamente como Linda, como uma dádiva. Ele teria dito tudo o que eu queria ouvir, sobre os loucos e suas tradições secretas, sobre a Cidade Deserta, sobre si mesmo, sobre como fora obrigado a lançar-se ao desconhecido à sua maneira, da mesma forma que Linda o fizera; tudo, se eu não tivesse escolhido brincar de inimigo com meu medo selvagem, quando percebi que algo proibido em mim replicava a sua melodia no mesmo tom e nunca se deixaria calar novamente. Ele falaria por muito mais tempo do que o obrigavam a falar, talvez sobre coisas mais importantes, deixando-me consciente da realidade em mim mesmo, que eu nunca descobriria. Eu não tinha nenhuma compaixão pelo fato de ele ser condenado e morto, mas estava demasiadamente amargurado por ter me desonrado ao denunciá-lo. Eu o escutava com avidez, assim como fizera com Linda, porém com maior angústia.

Eu teria gostado de saber de algo pessoal a seu respeito, mas ele nada revelava. Apenas perguntas gerais eram respondidas nos mínimos detalhes.

– Isso mesmo – disse ele. – Isso mesmo. Então aqui estou, como deveria ser. Era apenas uma questão de tempo, para dizer a verdade. Vocês conseguem ouvir a verdade agora? Nem todos são honestos o suficiente para ouvir a verdade, o que é muito triste. Poderia ser uma ponte entre as pessoas, desde que fosse voluntário, claro. Desde que seja dada como uma dádiva e recebida como tal. Não é estranho que tudo perca o seu valor assim que deixa de ser uma dádiva, inclusive a verdade? Não, vocês com certeza ainda não perceberam, senão se sentiriam despidos até os ossos; e quem aguenta se ver assim? Quem quer enxergar a sua covardia até que seja obrigado a fazê-lo?

Não queremos ser forçados pelas pessoas, mas sim por um vazio e pelo frio, um frio glacial que nos ameaça a todos. Vocês falam em coletividade, em comunhão? Gritam cada um de um lado do abismo. Não haveria um ponto sequer, sequer um, no longo desenvolvimento da raça humana, onde se poderia ter encontrado um outro caminho? O caminho deve mesmo passar pelo abismo? Nenhum ponto que pudesse impedir os tanques do Poder de seguirem em direção ao vazio? Haverá um caminho depois da morte para uma nova vida? Haverá um lugar sagrado, onde o destino toma outro rumo?

"Venho há anos me perguntando onde fica esse lugar. Será que chegaremos lá depois de termos acabado com o estado vizinho ou de ele acabar conosco? Será que caminhos surgirão entre as pessoas, tão facilmente quanto acontece entre cidades e distritos? Só espero que surjam logo e com todos os seus horrores. Ou será que isso não resolve alguma coisa? Teria o tanque de combate ficado tão forte que não pode mais ser transformado de divindade em instrumento? Será que algum deus, o mais mortal de todos, entregaria o seu poder voluntariamente? Gostaria de assim crer, que há uma pessoa realmente pura como um oceano de força intacta, que dilui todos os restos mortais em seu imenso reservatório, purificando-os e curando-os eternamente... Mas eu nunca vi isso acontecer. O que sei é que pais e professores doentes criam crianças mais doentes ainda, até que a doença vire a norma e a saúde se torne um tormento. De solitários, nascem outros ainda mais solitários; de medrosos, outros ainda mais medrosos... Onde um último resquício de saúde poderia ter se escondido para crescer e atravessar a couraça? As pobres pessoas, aquelas que chamamos de loucas, brincavam com os seus símbolos. Já era alguma coisa pelo menos. Elas sabiam que algo lhes faltava. Desde que soubessem o que estavam fazendo, havia ainda alguma coisa. Mas isso não as levou a lugar nenhum, onde quer que seja! Se eu fosse até uma estação de metrô, onde as multidões se concentram, ou a um grande evento festivo com alto-falantes à minha frente, os meus gritos não repercutiriam além de alguns poucos ouvidos através do enorme Estado Mundial, e voltariam ecoando, então, como sons ocos. Sou uma mera engrenagem, um ser do qual tiraram a vida... Mesmo assim, sei que isso não é a verdade. É o efeito da kallocaína que me faz ficar cheio de esperanças. Tudo parece ficar mais leve, mais claro e mais tranquilo. Estou vivo, apesar de tudo o que foi tirado de mim, e justamente agora *o que eu sou leva a algum lugar*. Vi o poder da morte espalhar-se sobre o mundo em círculos cada vez maiores, mas o poder da vida também tem os seus círculos, apesar de eu não ter conseguido diferenciá-los. Sim, sim, eu sei. É o efeito da kallocaína, mas por essa razão deixará de ser verdade?"

A caminho da sala de interrogatório, pensamentos fantasiosos sem sentido ocupavam a minha mente: como todos os espectadores de uma só vez, por algum motivo misterioso, desviariam a atenção para outro lado enquanto eu cochicharia minhas perguntas ao pé do ouvido de Rissen... Desde então eu já sabia que isso era um devaneio meu, que não poderia se concretizar, e, de fato, foi o que acabou acontecendo, pois nenhum dos espectadores tirou o olhar de Rissen. Mas, estranhamente, mesmo que eu tivesse a oportunidade, não saberia o que perguntar. Pouco me importavam a Cidade Deserta e as tradições daqueles loucos! Nenhuma cidade deserta era tão inalcançável e tão segura como aquela para qual eu estava indo, que não ficava a milhas de distância, perdida em um destino desconhecido, mas era próxima, muito próxima. Linda ainda estaria lá. Ela pelo menos ainda estaria lá.

Rissen suspirou e fechou os olhos, porém logo os abriu novamente.

– Eles suspeitam! – murmurou ele, e seu sorriso estava iluminado e menos desamparado. – Estão com medo, estão em posição de defesa porque suspeitam. Minha esposa suspeita, quando não quer ouvir e me manda ficar calado. Os participantes do curso suspeitam, quando se sentem superiores e me ridicularizam. Deve ter sido um deles que me delatou; ou a minha esposa ou algum deles. Quem o fez *já suspeitava*. Quando falo, eles só escutam a si mesmos. Quando me movimento, quando existo, eles temem a si mesmos. Oh, se ainda existisse o abismo verde, o indestrutível! Agora creio que exista. É a kallocaína, mas sinto-me contente por... por poder crer nisso...

– Meu chefe – disse eu ao juiz com uma voz que tentava manter firme, mas não conseguia. – Posso aplicar-lhe mais uma dose? Ele já está acordando.

Mas o juiz negou com a cabeça.

– Já basta – respondeu. – O caso já está plenamente esclarecido. Então, conselheiros, estão de acordo comigo quanto ao caso?

Os conselheiros concordaram e se retiraram com o juiz para deliberarem. Assim que abriram a porta da sala ao lado, ocorreu algo inesperado. Um jovem participante do curso de Rissen saiu correndo do seu lugar no semicírculo, foi até o palanque onde eu aliviava o mal-estar do interrogado que voltava à consciência e, gesticulando nervosamente, pediu aos que saíam da sala que permanecessem.

– Fui eu que causei tudo isso! – gritava ele desesperado. – Fui eu que delatei o meu chefe Edo Rissen por sua índole subversiva! Hoje de manhã, a caminho do trabalho, postei a denúncia na caixa do correio e, quando cheguei, ele já estava preso! Mas todos aqui que o ouviram... todos que o ouviram... devem saber que...

Eu desci do palanque, fui até o jovem e cobri sua boca com a mão.

– Fique calmo – sussurrei. – Você nada ganha com isso, só ficará infeliz e não salvará ninguém. Outros também o denunciaram.

Em voz alta, declarei:

– Esse mau comportamento de pessoas que perderam o equilíbrio não deve, absolutamente, ser permitido enquanto o interrogatório é feito. Você, camarada soldado no primeiro banco, faça-me o favor de trazer um copo com água. Devemos compreender e desculpar um jovem leal quando este é obrigado a delatar seu chefe. Mas acalme-se, por favor, e não leve isso tão a sério. Você não precisa defender-se publicamente, já está tudo justificado.

Transtornado, ele bebeu a água e olhou para mim. Quando vi que pretendia dizer mais alguma coisa, calei-o drasticamente e lhe prometi que conversaríamos depois do interrogatório. Ele se sentou no banco da frente e fechou os olhos.

Quando subi novamente ao palanque, Rissen estava completamente acordado. Estava sentado, tranquilo, olhando para o vazio, e ainda sorria para si mesmo na sua solidão, mas agora seu sorriso era amargo. De repente se levantou cambaleando da cadeira e deu alguns passos pela sala. Eu não podia nem queria impedi-lo.

– Vocês que me ouviram... – começou com uma voz que penetrava em cada célula, mas ele não gritava, antes falava baixo e firme. Até o dia em que eu morrer, escutarei o timbre e a intensidade de sua voz firme. Dois policiais que durante o tempo todo tinham ficado a postos no fundo da sala correram até ele, o amordaçaram e o conduziram de volta à cadeira. Na sala fazia um silêncio mortal, até que o juiz, acompanhado dos conselheiros, finalmente subiu ao palanque, instalando-se em seu lugar para proferir a sentença. Todos na sala se levantaram. Rissen também foi erguido pelos dois policiais.

– Um transmissor de germes pode ser desinfetado – disse o juiz em tom solene de comando. – Mas um indivíduo que, com a própria atitude, com a própria respiração, espalha insatisfação por todas as nossas instituições, pessimismo em relação ao futuro, derrotismo perante a tentativa de conquista de nosso Estado por outros povos, jamais poderá ser desinfetado. Ele é uma erva daninha para o Estado, em qualquer lugar ou trabalho que se encontre, e não há como ser combatido senão com a morte. A sentença é proferida de acordo com a maioria dos melhores conselhos que recebi dos especialistas destinados para este caso. Edo Rissen é condenado à morte.

Um silêncio solene se fez após o veredito. O jovem, meu companheiro de delação, permaneceu sentado rígido em seu lugar, pálido como um fantasma. Rissen, ainda amordaçado, foi levado embora. Eu estava perto da porta quando ele foi retirado. Sem saber como, eu o havia seguido, passo a passo, tão longe quanto foi possível.

Quando olhei à minha volta, o jovem havia desaparecido. Como ele era um dos participantes do curso, eu poderia localizá-lo. Meus pensamentos reconsideravam mecanicamente algumas perguntas práticas: quem chefiaria o curso de Rissen? Provavelmente algum dos alunos mais experientes. Quem chefiaria o meu curso se eu ficasse no lugar de Rissen? Sim, havia muita gente a quem recorrer, embora não pudéssemos dispensar ninguém. Logo esse curso estará encerrado, e teremos de começar com um novo... Era como o ruído de um moinho sem nada para moer. Eu, de minha parte, me encontrava em um lugar tranquilo e sombrio.

Quando voltei para minha sala de aula e encontrei-me com um grupo de ouvintes inexplicavelmente parecido com aquele que eu deixara para trás, com exceção do juiz e dos conselheiros, precisei usar um mal-estar como pretexto para ir para casa. Eu não conseguia mais participar daquela comédia.

Entrei no quarto, fechei a porta, arrumei a cama e atirei-me sobre ela em uma espécie de apatia. O abajur estava aceso, o ventilador zumbia, eu ouvia a empregada andando e executando suas tarefas. Ouvi a porta bater novamente quando ela saiu para buscar as crianças. Em seguida, as vozes e a algazarra de Maryl e Laila e o empenho da empregada em acalmá-las. Ouvi o ruído do elevador de comida e o barulho dos pratos sendo postos à mesa. Porém, não ouvi a voz de Linda, a única coisa que eu aguardava.

Uma batida à porta fez-me saltar da cama, e a empregada perguntou através da fresta:

– O senhor quer comer, meu chefe?

Arrumei o cabelo e saí do quarto, mas Linda não estava lá. Já tinha passado da hora do jantar. Fiquei tentando lembrar-me se ela teria algum compromisso, pois sempre passava em casa primeiro para comer, mas não era conveniente demonstrar nenhuma preocupação com Linda perante a empregada.

– Ah, sim... – falei inseguro. – Creio que ela disse que estaria fora hoje... Sou tão esquecido que nem lembro mais o porquê.

As crianças foram se deitar e eu fiquei esperando. A empregada foi embora, mas nada de Linda voltar para casa. Preocupado, telefonei para a Central de Acidentes, sem me incomodar com o que o porteiro pudesse pensar. Durante o dia tinham acontecido diversos acidentes na Cidade Química nº 4, alguns de tráfego em linhas que eu não conhecia e outros em sistemas de ventilação, com dois casos fatais e outros casos ainda indefinidos, porém todos os acidentes tinham ocorrido fora do distrito no qual Linda trabalhava.

O pior era que eu não podia ficar sentado esperando. No meu regimento haveria uma festa naquela noite e eu não podia faltar sem apresentar um bom motivo. Não consegui continuar trabalhando. Mas ficar parado ouvindo discursos, palestras e toques de tambores me estourando os ouvidos eu até suportaria. Desde que soubesse onde Linda se encontrava.

Ela tinha falado em buscar pessoas, queria encontrar outras que também tivessem alcançado aquela afinidade, mas ela sabia onde achá-las? Onde teria começado a sua busca?

O tempo passou, saí de casa mecanicamente, sem nem mesmo cogitar que na verdade poderia deixar de ir à festa.

Eu nunca mais veria Linda.

ERA MINHA INTENÇÃO ESCUTAR A PALESTRA, MAS não consegui. O tempo todo tentava me recompor e me concentrar, e consegui acompanhar um pouco do que diziam. Pelo que me recordo, era algo sobre o desenvolvimento da vida no Estado, desde a fragmentação primitiva, em que o indivíduo era um centro único solitário, vivendo em constante insegurança – perante as forças da natureza e ante outros centros únicos solitários semelhantes –, até o Estado estar pronto, representando o único sentido e a justificativa do indivíduo, oferecendo-lhe uma segurança ilimitada em troca. Esse era o fio condutor, mas eu seria incapaz de fornecer mais detalhes, talvez se referissem à vida. Assim que eu me obrigava a prestar atenção, vinham pensamentos sobre Linda, sobre Rissen e sobre o novo mundo que existia e se desenvolvia, fazendo-me esquecer de tudo ao meu redor. Despertava das minhas considerações e mal podia ficar sentado. Não era apenas o meu íntimo, mas também meus nervos e músculos exigiam que me movimentasse. Se não tomasse uma atitude imediatamente, poderia explodir a qualquer momento por causa das minhas forças: assim eu me sentia.

Finalmente, me dirigi à saída no meio da palestra. O secretário de polícia no canto mais próximo franziu as sobrancelhas com desagrado. Eu disse a ele o meu nome, mostrando a minha licença de superfície como identidade.

– Perdoe-me, camarada soldado, mas estou me sentindo muito mal – disse eu. – Acho que me sentirei melhor se apanhar um pouco de ar fresco por alguns minutos. Estou doente, passei o dia todo de cama, afastado do trabalho...

Ele anotou meu nome, assim como o horário da minha saída, e me deixou ir.

Peguei o elevador. Repeti tudo ao porteiro, que anotou meus dados e também me liberou.

Fui até o terraço.

Primeiro, não sabia dizer o que havia de diferente. Algo absolutamente estranho estava acontecendo ali no terraço deserto. Fiquei profundamente assustado, sem entender o motivo. Alguns segundos depois percebi o que me assustava. Não se ouviam os alarmes dos aviões, que ocupavam o ar dia e noite. Fazia um silêncio total.

No interior dos prédios residenciais, nas profundezas dos locais de trabalho, eu tinha experimentado um relativo silêncio, onde os ruídos das linhas de metrô e do transporte aéreo eram abafados pelas paredes e camadas de terra, e os ventiladores trabalhavam de modo suave e entorpecido. Havia um amortecimento de todos os sons, sempre um alívio e um descanso, assim como quando sentimos o sono chegar, envolvendo-nos com a sua concha, e nos tornamos sós, pequenos e aconchegados. O silêncio no terraço não se parecia com esse silêncio relativo. Era acachapante.

206

Nas marchas noturnas, a caminho de casa depois das palestras e festas, eu tinha, muitas vezes, visto as estrelas brilhando entre as silhuetas em movimento dos aviões; mas o que mais havia nisso? Elas não brilhavam o suficiente para tornar a lanterna dispensável. Eu tinha ouvido uma vez que elas eram sóis muito distantes, mas não me recordo se esse conhecimento me causou alguma impressão mais marcante. Naquele silêncio ilimitado, vi de repente o universo expandir-se de uma infinidade a outra e rodar pelos imensos espaços vazios entre as estrelas. Um Nada descomunal tirou-me o fôlego.

Foi então que ouvi algo que já conhecia e cujos efeitos já vira, mas que eu nunca tinha ouvido: o vento. Uma brisa noturna suave, que atravessava os muros e sacudia lentamente os oleandros no terraço. Apesar de envolver talvez apenas alguns poucos distritos com seu belo sussurro, eu não conseguia resistir, mesmo me esforçando muito, a uma poderosa fantasia de que a brisa era o sopro da noite que se desprendia da escuridão, tão suave quanto o suspiro de uma criança adormecida. A noite respirava, a noite vivia e, tão distante quanto eu enxergava, as estrelas pulsavam como corações, preenchendo o vazio com lufadas vibrantes de vida.

Quando retomei minha consciência, estava sentado no muro do terraço e tremia, não de frio, pois a noite estava quase cálida, mas sim devido a um grande abalo emocional. O vento ainda soprava, embora mais fraco, e eu sabia que ele não nascia da escuridão do espaço, mas das camadas de ar próximas à terra. As estrelas continuavam a brilhar com a mesma intensidade, e eu lembrei-me de que suas pulsações de luz eram simplesmente uma ilusão de ótica. Mas isso nada significava. O que eu via e ouvia poderia ter sido somente uma ilusão que tomara emprestada a forma de um outro universo, um universo interior, onde eu estava acostumado a encontrar uma casca seca e enrugada que reconhecia como o meu ser. Pensei ter chegado àquele abismo que Rissen clamava e que Linda tinha visto e conhecia. "Você não sabia que aqui a vida aflora?", dissera a mulher no meu sonho. Eu acreditei nela e estava crente de que *tudo poderia acontecer*.

Eu não queria retornar para a festa e para a palestra. Para mim era indiferente se alguém tivesse percebido a minha ausência. Todas aquelas atividades que ocorriam em milhares de salas de festas e auditórios nos subterrâneos da Cidade Química nº 4 estavam muito distantes da minha realidade. Eu não pertencia àquilo, estava criando um novo mundo.

Queria voltar para casa e para Linda. E se ela não tivesse chegado, se eu não a encontrasse? Então queria continuar, encontrar o jovem que também havia denunciado Rissen, ir até a esposa de Rissen... Onde o jovem morava eu não sabia, mas tinha o endereço do apartamento de Rissen. Ficava no distrito dos laboratórios, onde eu tinha licença e poderia ir e vir quando quisesse. Ele havia dito: "Minha esposa suspeita, minha esposa denunciou-me". Se ela tivesse mostrado a mesma resistência desesperada que eu, então também estava perto de entender. Primeiro, para casa; depois, para ela. Não havia mais hesitação em mim. Eu estava decidido a criar um novo mundo.

Não se via ninguém. O mais discretamente possível, saltei por sobre o muro baixo que separava o terraço da rua. No silêncio, meus passos ecoavam de maneira esquisita, mas não me pareceu que chamaria atenção, e ninguém apareceu para impedir-me. Como não se vislumbrava nenhum avião, a luz das estrelas era suficiente para que eu fosse adiante, e nem me preocupei em ligar a lanterna. Embora eu andasse sozinho na superfície sob as estrelas, tinha um estranho pressentimento de não me encontrar só. Assim como eu estava a caminho do desconhecido para buscar o fundamento profundo da vida no universo, talvez Linda também estivesse a caminho de algum lugar, embora eu não soubesse em busca de quem. Não seria possível que justamente agora, nos milhares de cidades do Estado Mundial, mais alguém estivesse a caminho, como nós, ou talvez já tivesse chegado? Não seria possível que milhões de pessoas estivessem a caminho, aberta ou secretamente, voluntária ou involuntariamente, no imenso Estado Mundial, e por que não também no estado vizinho? Apenas há alguns dias uma ideia dessa natureza teria me feito recuar, mas pode-se desistir junto a uma fronteira quando sentimos que os nossos desejos nos levam ao coração do universo?

Ouvi os passos ritmados da marcha do guarda do distrito a distância, fazendo pequenas pausas e arranhando o solo a cada vez que fazia meia-volta. Era engraçado ouvir esses ruídos ao ar livre. O que o guarda estaria pensando em sua solidão sobre esta noite silenciosa? O que eu mesmo estava pensando? Só agora tinha tempo para pensar de onde vinha esse silêncio todo.

Mas somente por um momento. Eu não conseguia decifrar o enigma, e isso não me incomodava. O importante era a minha missão.

Foi então que o sussurro distante passou a crescer intensamente como o ruído de um motor. Os aviões estavam ali novamente. Se a quietude anterior tornava o barulho tão perturbador ou se realmente nunca fora tão intenso, não sei dizer. De qualquer modo, era tão ensurdecedor que tive de encostar-me ao muro enquanto meus tímpanos se habituavam.

Todo o ar ficou subitamente escuro, pesado e escuro, mas a escuridão fervilhava de uma maneira desconhecida. Muito perto de mim, mais senti do que vi corpos compactos que enchiam o ar ao meu redor. Apanhei a minha lanterna, apontando-a para a frente. A luz caiu sobre uma figura humana a meio metro de distância. Eram paraquedistas! Em seguida, dez lanternas de luz potente iluminavam meu rosto, e senti meus braços aprisionados por mãos fortes.

Como eu não podia imaginar que aquilo não fosse nada além de exercícios noturnos da Força Aérea, gritei o mais alto possível para ser ouvido:

– Estou doente, a caminho da estação de metrô. Soltem-me, camaradas soldados!

Ou eles não ouviram o meu apelo ou tinham recebido outras ordens. De qualquer forma, não me soltaram. Revistaram-me e me desarmaram. Eu estava trajando o uniforme policial e militar por causa da festa. Fui amarrado e posto sobre uma espécie de pequeno triciclo feito para transportar prisioneiros, no qual alguns homens montaram rapidamente. Fui também algemado no banco de trás em uma posição nada confortável, sem possibilidade de me movimentar, enquanto um dos soldados acomodava-se no banco dianteiro e dava a partida.

Achei que tivesse sido involuntariamente envolvido nos exercícios simulados da frota aérea, e a única coisa que me restava a fazer era participar do jogo. Mais cedo ou mais tarde eu poderia ir para onde bem quisesse.

Por onde passávamos, a luz do veículo iluminava uma parte da estrada. Fazia um quarto de hora que eu não via nem ouvia uma pessoa sequer. Agora fervilhava de gente nas ruas, nas praças, nos terraços, cada qual ocupado com algum trabalho. Eu não podia deixar de admirar a organização de tal exercício noturno. Quanto mais longe íamos, mais o trabalho progredia. Vislumbrei cercas de arame farpado sendo erguidas (será que conseguiriam removê-las até amanhã de manhã, quando as pessoas saíssem para o trabalho?). Vi longas mangueiras serem estendidas, recipientes dos mais variados sendo levados para todos os lados. Guardas vigiando todas as estações de metrô e todos os prédios residenciais. De quando em quando, eu via também um ou outro triciclo carregando algum prisioneiro como eu, e fiquei pensando para onde nos levariam.

Na praça, em frente a uma tenda montada em um terraço, pareciam estar reunidos os triciclos. Os prisioneiros conduzidos até ali – seriam uns vinte antes de mim –, com os pés soltos e as mãos amarradas, eram levados para dentro da tenda. Junto à entrada, deparei-me com um prisioneiro que demonstrava resistência e reclamava aos berros que ele, como guarda do distrito, não poderia estar sujeito àquelas manobras. Quem cuidaria de seus deveres durante aquele tempo? Como ele explicaria sua ausência ao chefe no dia seguinte? O ruído dos motores ficava mais fraco assim que se entrava na tenda, pois era munida de um eficiente sistema de isolamento acústico. Portanto, escutava-se perfeitamente o que ele dizia, e eu achei que os soldados à sua volta poderiam pelo menos dar-lhe uma resposta. Até que, de repente, ouvi dois outros soldados trocarem algumas palavras em um idioma estrangeiro do qual eu nada compreendia. Nós não havíamos sido vítimas de um exercício noturno. Havíamos caído nas mãos do inimigo.

Até hoje não sei como tudo aconteceu. Pode-se imaginar que o inimigo lenta e metodicamente tenha substituído todos os tripulantes da frota aérea por espiões, até que tudo ficasse sob o seu comando. Também é possível imaginar uma sucessão de revoltas e traições, originadas por alguma causa desconhecida. As possibilidades são muitas, todas extraordinárias, e a única certeza que eu tinha era que nenhuma batalha travara-se no ar, tampouco na terra. Deve ter sido um ataque-surpresa muito bem planejado e executado.

Os prisioneiros aguardavam em filas em uma divisão da tenda, e depois eram conduzidos um por um para uma cabine interna. Lá estava um militar de alta patente rodeado por alguns intérpretes e secretários. Com sotaque carregado, interrogaram-me no meu idioma o meu nome, a minha profissão e meu grau hierárquico militar e civil. Um deles curvou-se para a frente e disse algo em voz tão baixa que não entendi, mas levei um susto ao reconhecer o seu rosto. Não era um dos participantes do meu curso? Eu não tinha certeza. O chefe olhou-me, parecendo interessado.

– Muito bem, então o senhor é um inventor químico? Fez alguma descoberta importante? Quer comprar sua vida com ela? Quer nos entregar a sua descoberta?

Muito tempo depois, ainda me perguntava por que tinha respondido sim. Não era por medo. Eu tive medo por toda a minha vida, havia sido covarde – o que contém o meu livro senão a história da minha covardia? Mas justamente naquele momento eu não tinha medo. Em mim só havia espaço para uma decepção ilimitada por nunca mais poder chegar até aqueles que me esperavam. Tampouco achava que valeria a pena salvar a minha vida sob aquelas circunstâncias. Ser prisioneiro ou morto parecia exatamente o mesmo. Em ambos os casos, o meu caminho até os outros fora cortado. Quando mais tarde percebi que a minha descoberta não me salvara, que a minha vida seria poupada de qualquer maneira, já que um grande número de prisioneiros era um valioso ganho para o estado vizinho, pois a natalidade deles estava tão reduzida quanto a nossa e haviam sofrido muitas perdas semelhantes com a Grande Guerra, não consegui sentir remorso algum, e nada modificou-se na minha posição. Eu dei a eles a minha descoberta simplesmente porque queria que ela continuasse a existir. Se a Cidade Química nº 4 fosse transformada em ruínas e todo o Estado Mundial virasse um deserto de cinzas e pedras, eu gostaria pelo menos que, em outros países e entre outros povos, uma nova Linda pudesse falar como a primeira, livremente, e ninguém a obrigasse a nada, e que um outro grupo de delatores ouvisse um novo Rissen. Era naturalmente uma fantasia, pois nada pode ser repetido, mas eu não tinha mais nada com que me ocupar. Era a minha única e ínfima possibilidade de continuar no ponto em que eu fora interrompido.

Fui transferido mais tarde para trabalhar sob rígida vigilância em uma cidade estrangeira, numa espécie de prisão--laboratório, como já contei.

Contei também que os primeiros anos de meu aprisionamento foram cheios de angústia e indagações. Informações verídicas sobre o destino da Cidade Química eu nunca consegui obter, mas logo passei a imaginar o plano feito pelo inimigo. A ideia era inundar as ruas de gases, impedindo que o ar se renovasse nos recintos subterrâneos da cidade, até que os habitantes, desesperados, subissem pelas poucas saídas livres, sendo aprisionados um por um, ou em pequenos grupos, pelas forças inimigas. Por quanto tempo foi suficiente o oxigênio armazenado nas reservas da cidade e se a coragem da população foi tamanha que escolheram a morte no lugar da rendição, não sei dizer. Era provável também que o cerco todo tivesse fracassado e que a ajuda havia vindo de outras partes do Estado Mundial. Como já disse, jamais ficarei sabendo o que realmente aconteceu. De qualquer forma, havia ainda uma possibilidade de Linda estar viva, e talvez até mesmo Rissen, se não tivessem tido tempo de executá-lo. Confesso ter consciência de que é uma fantasia improvável, e, se desejasse questionar a minha razão, passaria com certeza o resto de minha vida em desespero. Talvez seja somente o meu instinto de preservação que me obrigue a buscar conforto nessa ilusão. O próprio Rissen dissera antes de ser condenado: "O que eu sou leva a algum lugar". Não tenho muita certeza do que ele queria dizer com isso, mas me ocorre também algumas vezes, quando estou sentado no meu leito de olhos fechados, de ver as estrelas reluzindo e de ouvir o sussurro do vento como naquela noite, e eu não consigo eliminar esta ilusão da minha alma: de que, apesar de tudo, estou participando da criação de um novo mundo.

POSFÁCIO DO CENSOR

Tendo em vista o conteúdo imoral do texto apresentado, o Departamento de Censura decidiu confiscá-lo e juntá--lo aos manuscritos nocivos do Arquivo Secreto do Estado Mundial. O motivo de não ter sido totalmente destruído foi justamente porque o seu conteúdo de cunho imoral poderá ser utilizado como material por confiáveis pesquisadores para o estudo da mentalidade dos seres que habitam o país vizinho ao nosso. O prisioneiro responsável pela produção do manuscrito continua exercendo a sua profissão de químico, sob vigilância e controle mais rígidos a partir de agora, inclusive no uso que faz dos papéis e canetas do Estado. Esse homem deveria, em sua secreta e gradativa deslealdade, em sua covardia e em seu fanatismo, servir como bom exemplo da degeneração característica desse país vizinho inferior, que não tem como ser explicada senão por uma intoxicação interna hereditária, incurável e ainda não pesquisada, pela qual a nossa nação felizmente não foi afetada. Caso a mencionada intoxicação tenha a capacidade de alastrar-se através das fronteiras, isso seria inevitavelmente descoberto graças ao medicamento que o aludido prisioneiro produziu. Faço, portanto, uma advertência àqueles que tenham em mãos esse manuscrito. Tomem todo o cuidado e façam uma leitura crítica e minuciosa, com a finalidade de uma mais forte confiança em um futuro melhor e mais afortunado no Estado Mundial.

HUNG PAIPHO,
CENSOR

Posfácio
Oscar Nestarez

> "Prometo que nunca mais escreverei algo tão
> macabro novamente."[1]

Assim Karin Boye se dirigiu a seu editor na ocasião em que lhe enviou o original de *Kallocaína*, em agosto de 1940. O romance seria publicado naquele mesmo verão, e a autora tinha plena consciência de que a narrativa – uma distopia sobre um "Estado Mundial totalitário" – era carregada de sombras, brutal e assustadora. No entanto, "era algo que eu simplesmente precisava fazer", acrescentou ela na mesma mensagem.

Alguns fatos ajudam a esclarecer esse "precisava fazer". Na época, Boye admitiu a influência direta de Kafka – e não se podem descartar as reverberações de outras distopias, como *Admirável mundo novo*, de Aldous Huxley, publicada oito anos antes (*1984*, de George Orwell, viria em 1949). No entanto, a imposição da escrita parece ter mais a ver com o universo interior da autora, que foi oprimido por experiências difíceis ao longo da vida. Para que se compreenda tal movimento, é preciso examinar a biografia

---

1 Todas as notas biográficas e citações foram retiradas de "*Kallocain* – Karin Boye's Dark Dystopia", ensaio de Richard B. Vowles incluído na edição do romance pela University of Wisconsin Press (1966).

dessa poeta e romancista sueca, reconhecida como uma das mais proeminentes de seu país.

Karin Boye nasceu em 1900 em Gotemburgo, cidade portuária e industrial do país escandinavo. Filha de um engenheiro civil de ascendência alemã, ela cresceu em um ambiente doméstico que era, ao mesmo tempo, religioso e intelectual. O que significa dizer que a jovem Boye transitava entre Cristo e Nietzsche – e nenhum conflito surgiria daí se, aos 20 anos de idade, ela não tivesse sido enviada para uma escola de formação religiosa. Lá, encontrou uma cristandade dura, institucionalizada, que solapou os seus impulsos e a sua identidade real.

Essa seria a primeira de inúmeras perturbações enfrentadas ao longo da vida. E a poesia foi o depositório inicial das suas angústias: *Nuvens* (*Moln*), o primeiro volume de poemas, saiu em 1922. Na época, Boye já frequentava a Universidade de Uppsala, onde continuou os estudos iniciados na escola.

Foi também nesse período que ela se filiou ao *Clarté*, movimento internacional de trabalhadores liderado pelo francês Henri Barbusse. Situando-se ideologicamente entre a social-democracia e o comunismo, a autora atuou com fervor no movimento até 1928, quando uma viagem à Rússia stalinista deixou-a completamente desiludida. A partir de então, Boye abandonou o comunismo e passou a escrever para periódicos liberais.

Além da decepção política, outros golpes fragilizaram sua saúde psicológica. Os mais violentos vieram de tumultos afetivos: sempre em conflito com a própria sexualidade, Karin Boye viveu um casamento malsucedido com o colega de *Clarté* Leif Björk e, depois, uma turbulenta relação com Margot Hanel, uma jovem judia. As duas se conheceram em Berlim, para onde a autora sueca ia com frequência buscar o auxílio da psicanálise.

O tratamento psicanalítico contribuiu para aperfeiçoar os mecanismos de sua prosa, mas não rendeu muitos frutos além disso. A já persistente depressão acabou se acentuando, uma vez que as viagens à Alemanha permitiram-lhe acompanhar de perto a ascensão de Hitler ao poder. Acuada entre um regime que a decepcionara e outro que a aterrorizava, Karin Boye vê a paz de espírito distante, quase inalcançável. Então ela recorre, mais do que nunca, a um dos poucos recessos que lhe restam: a criação prosaica e poética.

Kallocaína, seu segundo romance, surge como reflexo desse contexto sufocante. Durante a leitura do relato em primeira pessoa de Leo Kall, o cientista que descobre uma espécie de "soro da verdade", tem-se a impressão de que as paredes ao redor estão se aproximando, de que o oxigênio começa a rarear. Não por acaso, os espaços da narrativa – a Cidade Química nº 4, os ambientes domésticos, os laboratórios, os auditórios e a sede da polícia, entre outros – são todos subterrâneos.

Não à toa, também, o próprio espaço interior do narrador vai se tornando cada vez mais exíguo. Embora reafirme constantemente sua obediência ao Estado Mundial e seu compromisso com a coletividade, Leo Kall vai expondo o estrangulamento de seu foro íntimo. Por meio de arroubos, lamenta a muralha que se impõe entre ele e a esposa, Linda. E mais: confessa as suspeitas de que ela se relacione com Edo Rissen, seu chefe imediato.

Parte significativa da força de *Kallocaína* resulta dos movimentos do protagonista por esses espaços – exteriores e interiores – cada vez mais restritos. Em quase toda a narrativa, ele procura tomar a única direção disponível: para cima. Pois Leo Kall está obcecado com a "escada em que subimos, o mais rapidamente possível, degrau por degrau" rumo à realização de ambições. É esse o ímpeto que o leva a desenvolver a droga com seu nome e a experimentá-la em tantas "cobaias humanas".

Entretanto, durante os testes, ele passa a perceber que existe outra alternativa. À medida que aplica as doses de kallocaína nas pessoas que se voluntariam "em nome do Estado Mundial", Leo Kall depara-se com o que, no início, considera uma conspiração. Sob o efeito da droga, algumas cobaias confessam comportamentos diametralmente opostos àqueles exigidos por um governo totalitário.

As pessoas confessam impulsos de liberdade, de afeto espontâneo e de expressão individual. Atitudes essencialmente humanas, que confrontam o princípio fundamental do Estado Mundial: cada "camarada soldado" é somente uma peça do tremendo maquinário, e nenhuma vida deve se sobrepor ao seu funcionamento. Ou, nas palavras do próprio narrador, "sabemos e aceitamos que o Estado é tudo, e o indivíduo é nada".

O fundamento desse sistema é a desconfiança mútua entre as pessoas. Nesse e em outros sentidos, *Kallocaína* aproxima-se de celebradas narrativas distópicas, como as já mencionadas *Admirável mundo novo*, publicada pela primeira vez em 1932, e *1984*, que surgiu nove anos depois da obra de Boye.

Tanto nos detalhes como nos elementos centrais do romance de Orwell, nota-se a influência de Boye. A Pista de Pouso nº 1, onde a trama se desenvolve, evoca a Cidade Química nº 4; a onipresença do Grande Irmão remonta aos mecanismos de vigilância da polícia do Estado Mundial; e os "crimes de pensamento" aludem às confissões provocadas pela substância de Leo Kall. Com efeito, a afirmação "nada é seu, exceto por alguns centímetros cúbicos dentro do seu crânio – mas isso também precisa se tornar uma propriedade do Estado", encontrada em *1984*, poderia ter saído da boca de qualquer personagem de *Kallocaína*.

220

Já em *Admirável mundo novo*, uma substância também é responsável pela manutenção do status: trata-se de Soma, a pílula que proporciona à raça humana uma condição de euforia ininterrupta. No entanto, enquanto a obra de Aldous Huxley – com sua Sala de Predestinação Social, suas canções divertidas e personagens como Mustapha Mond – muitas vezes resvala no cômico, *Kallocaína* vai por outro caminho. Para Karin Boye, a aniquilação da individualidade era assustadora demais para causar riso. Não à toa, a composição do romance foi tão cruel quanto o enredo. Na mensagem para seu editor, Karin Boye afirmou ter sido "pura tortura" escrevê-lo, em parte porque ela nunca havia tentado elaborar uma história longa "sem quase nada de autobiográfico", em parte porque o tema do estrangulamento do indivíduo a "enchia de terror". Com efeito: ainda que a narrativa de *Kallocaína* apresente certo lirismo, predominam a gravidade e a brutalidade. São esses, pois, os tons com que Boye escolhe enunciar o aniquilamento da essência humana.

Kallocaína é, assim, o registro da morte mais cruel: a interior, a que não encerra a vida biológica. Um romance de fato macabro, como afirmou a autora na mensagem enviada ao editor. Essas palavras carregaram uma triste profecia, aliás, uma vez que a narrativa foi a última das publicações de Karin Boye em vida. Em abril de 1941, Hitler invadiu a Grécia; alguns dias depois, ela cometeu suicídio ao ingerir uma dose excessiva de pílulas para dormir. Mas "sufocamento" talvez tenha sido a verdadeira *causa mortis*.

OSCAR NESTAREZ é escritor, mestre em Literatura e Crítica Literária pela PUC-SP e doutorando em Estudos Comparados de Literaturas de Língua Portuguesa pela FFLCH-USP. Pesquisa e escreve sobre literatura fantástica e ficção de horror.

Primeira edição
© Editora Carambaia, 2019

Esta edição
© Editora Carambaia
Coleção Acervo, 2022

Título original
Kallocain –
Roman fran 2000-talet
[Estocolmo, 1940]

Preparação
Mariana Donner

Revisão
Floresta
Ricardo Jensen de Oliveira
Tomoe Moroizumi

Projeto gráfico
Bloco Gráfico

CIP-BRASIL. CATALOGAÇÃO NA
PUBLICAÇÃO/SINDICATO NACIONAL
DOS EDITORES DE LIVROS, RJ/
B785k/Boye, Karin, 1900-1941/
Kallocaína: romance do século XXI/Karin
Boye; tradução Fernanda Sarmatz
Åkesson; posfácio Oscar Nestarez.
[2.ed.] São Paulo: Carambaia, 2022.
224 p.; 20 cm. [Acervo Carambaia, 19]
Tradução de: *Kallocain: roman fran*
2000-talet/ ISBN 978-65-86398-90-8
1. Romance sueco. 2. Distopias na
literatura I. Åkesson, Fernanda Sarmatz.
II. Nestarez, Oscar. III. Título. IV. Série.
22-78066/CDD 839.73/CDU 82-31(485)

Gabriela Faray Ferreira Lopes
Bibliotecária – CRB-7/6643

Editorial
Diretor editorial Fabiano Curi
Editora-chefe Graziella Beting
Editora Livia Deorsola
Editor-assistente Kaio Cassio
Contratos e direitos autorais Karina Macedo
Editora de arte Laura Lotufo
Produtora gráfica Lilia Góes

Comunicação e imprensa Clara Dias
Comercial Fábio Igaki
Administrativo Lilian Périgo
Expedição Nelson Figueiredo
Atendimento ao cliente Meire David
Divulgação Rosália Meirelles

Fontes
Untitled Sans, Serif

Papel
Pólen Soft 80 g/m²

Impressão
Ipsis

Editora Carambaia
Av. São Luís, 86, cj. 182
01046-000 São Paulo SP
contato@carambaia.com.br
www.carambaia.com.br

ISBN
978-65-86398-90-8